OS GETKA

Leticia Wierzchowski

OS GETKA

EDITORA RECORD
RIO DE JANEIRO • SÃO PAULO
2010

CIP-BRASIL. CATALOGAÇÃO-NA-FONTE
SINDICATO NACIONAL DOS EDITORES DE LIVROS, RJ

W646g   Wierzchowski, Leticia, 1972-
        Os Getka / Leticia Wierzchowski. — Rio de Janeiro: Record,
        2010.

        ISBN 978-85-01-09014-0

        1. Romance brasileiro. I. Título.

                              CDD: 869.93
10-5900   CDU: 821.134.3(81)-3

Copyright © Leticia Wierzchowski, 2010

Capa: Virgilio Neves

Foto de capa: Image Source/Latinstock

Texto revisado segundo o novo Acordo Ortográfico da Língua Portuguesa

Direitos exclusivos desta edição reservados pela
EDITORA RECORD LTDA
Rua Argentina 171, Rio de Janeiro, RJ — 20921-380 — Tel.: 2585-2000

Impresso no Brasil

ISBN 978-85-01-09014-0

Seja um leitor preferencial Record.
Cadastre-se e receba informações sobre nossos
lançamentos e nossas promoções.

EDITORA AFILIADA

Atendimento e venda direta ao leitor:
mdireto@record.com.br ou (21) 2585-2002

Para João e Tobias,
minha nova infância.

"Os acontecimentos lançam sua sombra diante de si."

Eurípedes.

Não deixa de ser estranho eu estar aqui, pensando naqueles dias. É como se as coisas ficassem congeladas por um período inacreditavelmente longo, e então passassem a acontecer todas ao mesmo tempo, correndo como loucas atrás dos anos perdidos, independente não de qualquer desfecho.

Vivas outra vez, de repente.

Fiquei muito tempo sem ter notícias dela, e agora tudo isso. Justamente quando pensei em vê-la, quando criava coragem para procurá-la — não um nome numa lista telefônica; mas o próprio passado, todo o passado e todos os sonhos que deixei perdidos entre os fios dos seus cabelos, as ilusões todas, a coragem, e até mesmo aquela inocência ensolarada da infância.

Eu precisava e queria vê-la. Era como se, de uma hora para outra, eu tivesse entendido tudo. Trinta anos numa noite de insônia, e todas as respostas de uma vida passando diante dos meus olhos perplexos. Cada segundo se cravando em mim feito uma faca. As pontas frias do tempo na minha carne, e eu ali, ansiando por ela com um atraso de anos... Eu no meu quarto vazio, e tudo me pareceu tão óbvio então. Aquele livro de Henry James era minha vida... Como era mesmo o nome? *A fera na selva.*

Mas, enfim, nada disso importa agora.

A única coisa que posso fazer, a única coisa que me permito fazer, é recordar. Porém, tudo agora me soa tão distante que é como se jamais houvesse existido.

Na verdade, o passado de todos os homens parece uma espécie de mentira... Quem jamais poderá provar a veracidade daquilo que ficou para trás? Por isso, talvez, fazemos diários, tiramos fotografias, guardamos velhos ingressos de teatro e gastas passagens de algum trem europeu onde um dia passamos uma tarde das nossas vidas. Imagens, borrões de tinta, peças de roupa, cartões-postais apagados, recortes de jornal, mechas de cabelos e dentes de bocas que já não sorriem mais — tudo são provas, garantias de que um dia houve um passado, uma casa, uma tarde de sol, uma pessoa, um beijo.

Como Lylia.

Pois quem poderia provar-me de maneira contundente que Lylia realmente existiu, ou se é apenas fruto desta minha mente inquieta, uma espécie de alucinação? Tudo faz tanto tempo que me custa lançar a alma ao mar tumultuoso das recordações, como quem faz zarpar seu único barquinho velho num oceano cinzento de temporal. Corro grande risco de afundar para sempre nessa viagem, mas o apelo é incontestável.

Pareço vê-la aqui, ao meu lado na poltrona vazia, ainda aquelas pernas finas, a pele de um tênue dourado recoberta de suave penugem clara, os joelhos arranhados pelas travessuras às quais ela era incapaz de resistir, o maiô úmido e sujo de areia, e aquele seu sorriso encantador. Não a mulher alta e contida que um dia encontrou-se comigo num sórdido quarto de hotel

— fugindo ambos de casamentos fracassados e de um presente árido —, mas a menina daqueles outros tempos, aquela que podia tudo, uma espécie de rainha.

Eu lembro de cada detalhe do rosto de Lylia...

Mas, por outro lado, não posso encontrar meu passaporte em nenhuma das gavetas da casa, embora eu o tenha visto ainda na semana passada, quando entreguei à Isabela o que de seu ainda ficara aqui. Como então, eu me pergunto, alguém poderia confiar na minha palavra? Um escritor já fora de moda, um homem cheio de manias que começa a ficar calvo. Uma criatura sem atrativos, cujo único livro de sucesso já foi lido por todos os seus possíveis leitores. Um homem sem histórias para contar, esse sou eu. Meus vizinhos me olham com certa piedade, principalmente depois da repentina partida de Helena... Ou seja, eu não valho grande coisa. E agora estou aqui, sentado à beira do abismo da minha própria vida, tentando ressuscitar o passado.

Porque Lylia já não existe mais, talvez aquele passado também tenha o direito de desaparecer junto com o rosto da menininha loira e linda que dançava na sala da nossa velha casa de veraneio naquelas entediantes tardes de chuva, fazendo a máma rir, e evocando em mim sentimentos que eu não podia nomear naquele tempo. Mas acontece que não quero deixar as lembranças se desvanecerem para sempre. Eu, que já tenho tão pouco... Eu, o guardião daquelas tardes extintas.

Nesta sala vazia, as lembranças vêm até mim como pequenos pardais angustiados, procurando alma onde pousar por um instante. E são tão vívidas as lembranças... Absolutamente vívidas, embora eu, daquele verão, não tenha guardado nada — nem imagem, nem papel, nem pedaço de coisa alguma que possa provar o que digo. Apenas Lylia, pulsante e morna, apesar da fragilidade da matéria e dos perigos escondidos e dos inúmeros segredos da vida mesma, que nos enganou a todos com seus ardis.

Naqueles anos, os dias estendiam-se diante de nós como pesados gatos dormitando sobre o peitoril de uma janela. Pouca coisa acontecia, e o tempo custava a passar. Talvez por isso fossem tão preciosos os verões, porque eram como uma outra vida dentro da própria vida... Havia a faixa de areia e havia o mar, e as longas noites onde o vento fustigava nossa casa, uivando como um lobo apaixonado. Embora a quietude da nossa rotina familiar se mantivesse intacta, aqueles antigos verões eram uma espécie de hiato libertador, e eu me sentia diferente lá, naquela praia perdida nos confins do país.

Eu ainda me lembro da estrada fustigada pelo vento (se é que podíamos chamar aquele caminho tortuoso de estrada), lembro do cheiro de couro e de biscoitos, do calor úmido que me envolvia enquanto o Ford verde-escuro do pai vencia, com muito custo, a imprevisível jornada até o litoral.

No banco traseiro do carro, apertado no meio das minhas três irmãs, eu ia espiando uma nesga de paisagem, e farejava nas lonjuras o cheiro um pouco azedo do mar. Entre o lanche que a máma levava numa cesta e os solavancos da estrada de terra (que faziam o porta-malas do Ford abrir-se e cuspir panelas e sacolas como quem vomitasse alguma coisa entalada na goela), a viagem era um evento sem começo e nem final.

Havia algo de delicioso naquilo tudo. O lento acumular das horas, a irremediável companhia das irmãs, do táta e da máma... Aquela intimidade forçada, o espaço exíguo. Eu saboreava isso, espichando o meu corpo sobre o corpo de uma das meninas e olhando pela janela aberta. Com os cabelos úmidos de suor e grudados de poeira, dava adeus aos metros de chão que os pneus venciam, aos buracos, aos arbustos e pinheiros descabelados que contornavam o caminho que me transportava ao paraíso.

Para levar a família às férias naquele litoral ventoso e de mar escuro, meu pai precisava haver-se com um difícil trajeto. Íamos pela estrada quase deserta, sozinhos. O Ford novo de Jan parecia um inseto nervoso, levantando poeira por onde passasse, às vezes atolando nas poças lamacentas da chuva recente.

Nessas ocasiões, éramos todos obrigados a abandonar a maciez suada dos bancos de couro, e dar uma mãozinha a fim de botar o Ford na estrada uma outra vez. A máma, o corpo roliço aprisionado num vestido de algodão, suava e limpava a fronte com um lenço, e nunca o calor úmido de janeiro afastava do seu rosto aquele mesmo eterno sorriso.

Parece que ainda posso vê-la, tentando ajudar de alguma forma, andando no nosso entorno como a própria encarnação do espírito maternal. Na verdade, a mãe pouco fazia de prático, a não ser incitar-nos a usar mais a força, e pedir que Irenka, Vera e Marysia cuidassem de seus vestidos, por favor. Era sempre o pai que, depois de tirar a camisa e exibir o peito musculoso com aquela cicatriz sobre a qual éramos proibidos de fazer perguntas, punha o carro outra vez em movimento. Isso acontecia um punhado de vezes durante a travessia. Fazia parte da rotina da viagem, e ninguém se incomodava mais do que o necessário.

Lá pelas tantas, a estrada de terra terminava sem avisos, e tínhamos de fazer o resto do caminho pela areia. Frequentemente o pai precisava abandonar alguma bagagem no meio do caminho, tentando aliviar o peso do Ford para evitar novos atolamentos.

— Desse jeito não vai, Halina — dizia Jan, indicando o porta-malas repleto de pacotes. — Esse carro está com o bucho mais cheio do que peru recheado para o Natal, moja kochana.

— Mas Janek — a máma retrucava tristemente —, tudo o que eu trouxe tem serventia.

O pai, porém, era irredutível: com todo aquele peso, nada feito. O Ford ficaria ali por horas e horas. E a mãe, obediente, com uma levíssima sombra de pesar nos mansos olhos claros, elegia um fardo de carne seca, ou uma sacola de açúcar, ou um saco com velhas roupas de cama, que Jan atirava na areia num único gesto dos seus braços fortes.

Se fecho meus olhos por um instante, posso vê-los... Halina e seu Janek.

Um casal absolutamente imperfeito.

Jan, sempre exuberante nos seus muitos amores e nos seus pouquíssimos ódios. E a máma, aquela mulher suave, de fala controlada, que vivia à sombra do marido, atendendo-o em todos os desejos, sem saber que era ele quem desabrochava sob seus galhos, sob o frescor da sua faustosa pessoa. O homem que jogava os mantimentos pela janela, e a mulher que os elegia. Como dois elementos opostos e complementares.

Viveram muitos anos juntos, Jan e Halina, apesar do fogo interior que consumia meu pai e que o fazia resvalar frequentemente nos votos de fidelidade. Engraçado isso, porque depois que a mãe morreu, o velho nunca mais foi o mesmo... Acho que voltou do cemitério mudado. Mas não lembro muito bem daquele dia... Eu mesmo ainda era um menino quando a máma morreu... Foi uma coisa de repente. Como uma história com final abrupto. Fecharam o livro e apagaram a luz, e eu fiquei naquela noite escura, sem mãe e sem beijo de boa-noite. E o pai lá embaixo, na sala sob o meu quarto, andando de um lado para o outro com suas pesadas botinas de couro, mastigando mais um horror dos tantos que já vivera. Lembro dos seus passos, *plac-plac-plac*, ribombando no piso de tacos de madeira, da porta à janela, da janela à porta, como um soldado de vigia ante o inevitável.

Talvez esperasse Halina voltar do quarto com seus chinelos... Mas ela nunca mais viria.

Nem com os chinelos de Jan, nem com meus beijos de boa-noite. *Plac-plac-plac*, fazia também meu coração desesperado, pulando sob o tecido do meu pijama de flanela. Mas isso ninguém podia ouvir no andar de baixo da nossa casa.

E o fato é que o velho continuou andando de um lado para o outro até morrer. Teve seus amores, isso lá é verdade, certos hábitos a gente não perde assim de uma hora para outra, mas acho que morreu amando a máma, por mais estranho que isso possa parecer. Depois de tanta vida em comum, e o pai aceitando aquele amor em silêncio, entre uma escapadela e outra, enquanto Halina ocupava-se com os colarinhos das suas camisas.

Enfim, quem sou eu para fazer considerações a respeito do casamento alheio, mesmo que seja o dos meus pais. Isabela partiu daqui xingando-me das piores coisas...

Não entendo de matrimônios nem o suficiente para escrever um conto sobre um deles, foi o que Isabela disse antes de quebrar aquele vaso que trouxemos da Hungria. Mas, de fato, Isabela e Halina em nada se parecem. Talvez Isabela também não tenha sido talhada para a vida em comum, esse mistério, essa cruz. Halina, ao contrário, foi o esteio de meu pai. A toalha sobre a mesa, a chave na porta. O copo de leite morno antes de dormir, o abraço, a cama feita, tudo isso era Halina.

Até mesmo Lylia a amava...

Lylia, que não gostava nem dos cãezinhos, nem das bonecas, buscava às vezes o colo macio da minha mãe.

Eu fecho os olhos e lá estamos nós, naquele trecho de praia ignorada pelos cartões-postais e pelos livros de viagem.

O Ford brilhava sob o sol quente. Marysia roía calmamente as unhas no banco traseiro. *Schif, schiaf*, os dentinhos brancos de Marysia fazendo seu trabalho, enquanto Halina deixava para trás alguma coisa da sua preciosa bagagem de verão. E a nossa peregrinação seguia com o Ford mais leve.

Quilômetros e quilômetros daquela areia úmida e malcheirosa. Mas a viagem pela praia era uma grande aventura, pelo menos para mim. Eu tinha lido alguns livros, e gostava de ver-me como uma espécie de Robson Crusoé moderno. Bem, talvez Deus fosse o próprio Daniel Defoe, não sei... Talvez o grande autor daquela proeza que eu erigia na minha imaginação fosse mesmo Jan, o homem mais forte que eu jamais conhecera, e o mais calado também.

Era fácil fantasiar sobre um pai como Jan. Ele tinha lutado na guerra, e tinha aquela cicatriz. Além disso, eu jamais conhecera meus avós nem ninguém da família, e as histórias que o táta nos contava para explicar os parentes sem rosto podiam ser apenas isso, histórias.

Era como se ele tivesse inventado a si mesmo.

Como um agente secreto dos livros que eu lia, talvez o velho houvesse criado um passado para si. Afinal, o que tinha Jan, além de velhas fotos desbotadas de uma gente que me mirava com olhos assustados e roupas sempre grandes demais?

Por isso, eu viajava em paz, sem questionar as sacolas abandonadas na areia, o caminho sem placas, o mar cinzento e inquieto que nos espreitava querendo engolir o Ford. O que quer que fosse, Jan haveria de vencer todos os perigos. Ele era um soldado, e tinha comandado uma tropa na maior guerra de todos os tempos. Tinha visto navios explodir e tinha visto cidades em chamas. Eu estava pronto a obedecê-lo, e certamente a máma também.

Para trás, ficava o fardo que o pai jogara fora — uma caixa, uma sacola florida, um pacote pardo atado com barbante —, estranha marca da nossa passagem por aquela faixa inóspita de litoral. Como uma lembrança, uma pegada, uma oferenda aos deuses furiosos daquelas paragens esquecidas.

E eu pensava nos outros carros. Os que viriam depois em busca do seu próprio verão. Estariam eles também carregados de coisas, de crianças e de malas? Haveriam de recolher os restos que havíamos deixado? Ou o mesmo aconteceria com eles? O carro exausto, e a areia invencível... A ponto de, no final de fevereiro, a praia estar pontilhada de bagagens sobressalentes e resquícios de comida. Latas e lençóis esfarrapados pelo vento nordeste, como se um gigantesco naufrágio houvesse acontecido por ali.

Ao final de um dia de labutas, contra todas as probabilidades, nós finalmente chegamos ao nosso destino.

A casa azul.

Posso ver-me, apertado entre as irmãs mais velhas, os cabelos loiros cortados muito curtos, mirando aquela casa que era a minha ilha deserta. O meu paraíso particular.

Ao meu lado, Irenka e Vera trocavam frases à meia-voz como duas mocinhas de filmes americanos; mas não Marysia, que ria e batia palmas, presa da mesma alegria que eu, só que por motivos muito diferentes. Entre as dunas, corajosa e comovente como uma bandeira fincada em território inimigo, lá estava a nossa casa.

Quando olho as fotos gastas que guardei daquele tempo, quase posso rir do velho chalé de madeira. Os anos passaram e vi coisas e lugares, mas o menino que ainda hoje habita em mim me inspira o devido respeito — aquele talvez tenha sido o meu verdadeiro lar, senão o único. É com ela que sonho até hoje, a casa azul sobre pilotis, tímida e meio desconjuntada.

Era quase noite quando o pai estacionou o Ford em frente ao portão de madeira que dava para o caminhozinho até a varanda.

Era um chalé espaçoso, com varanda, um porão e um sótão, uma sala grande e três quartos espalhados ao longo de um corredor de piso amarelo. Mais lá atrás, como uma promessa suspirando na luz difusa do anoitecer, havia a praia. Tanta areia e tanta água — aquele mar de ondas pardas, cuja cor a máma dizia vir do iodo, que curava doenças.

A casa estava quase encoberta pelo tenaz esforço do vento, que passara os últimos dez meses empurrando areia para o severo pátio retangular onde cresciam dois pinheiros e um teimoso arbusto meio ressequido pelo abandono.

Tinha sido construída pelo velho. Ele, que era um homem de grandes façanhas. Depois de emigrar da Polônia para o Brasil sem um tostão que fosse dentro do bolso, vivera muitos anos de labuta e penúria.

Mas, no tempo daqueles verões, Jan já era um empresário próspero. Tinha a própria firma de construção civil com mais de oitenta funcionários, um depósito cheio de máquinas, e meia dúzia de contratos com a prefeitura da cidade onde vivíamos. Éramos, por assim dizer, gente de posses. Porém, a máma ainda continuava cerzindo as nossas meias e guardando as sobras da comida num prato dentro do forno.

A casa azul tinha sido erguida anos antes, quando toda essa fartura ainda estava por começar. O pai orgulhava-se de haver misturado ele mesmo o cimento para os pilotis, e de cada tábua ter passado pela palma das suas mãos.

— Eu coloquei cada prego que sustenta essas paredes, mój syn. Conheço as entranhas dessa casa como Deus conhece o Seu rebanho.

As paredes de madeira tinham a cor do céu nas manhãs de verão, um azul lavado e manso, que os anos trataram de desbotar. Não sei bem por que, mas depois que a mãe morreu, a casa foi fenecendo também. Mas então eu já tinha outras preocupações, e deixei que a casa se desfizesse à revelia, enquanto o velho vivia sua nova vida de viúvo, gastando o dinheiro que acumulara em vida como se não tivesse nada de melhor a fazer.

Antes disso, porém, houve aqueles verões...

O chalé de madeira azul era uma espécie de mundo à parte. Com seus segredos, suas frestas e odores e gavetas cheirando ao mofo do inverno.

E com Lylia, e a promessa da sua companhia.

Porque os Getka sempre estavam conosco.

No fundo, interligado ao corpo da casa por uma portinha com chave, havia uma espécie de apartamento contíguo, construído pelo pai havia anos para acolher os Getka. As nossas famílias passavam ali os meses de calor, dividindo o amplo banheiro e a cozinha com sua comprida mesa de dez lugares, numa camaradagem que vinha de muito antes, quando o pai e Jósef Getka ainda eram amigos de colégio na minúscula e para sempre desaparecida Terebin.

Eu tinha grandes esperanças para mim mesmo. Um futuro brilhante, no mínimo. Creio que Jan também pensava assim. Eu era seu único filho, e ele deu-me todas as atenções e possibilidades que um imigrante polonês de fibra e com rígidas concepções de vida poderia dar ao seu filho varão.

Por um tempo, as coisas andaram nos trilhos. Cursei a universidade e enfiei o diploma no fundo de uma gaveta — decerto, a mesma onde coloquei meu passaporte. Trabalhei num jornal e logo publiquei meu primeiro romance. Foi um livro de sucesso.

Durante alguns anos, eu fui às melhores festas, dei entrevistas e emiti opiniões sobre os mais diversos assuntos nas mais variadas publicações. Mulheres queriam sair comigo e lançavam-me olhares misteriosos e cheios de promessas em encontros literários desinteressantes. Acordei em motéis com estranhas que conheciam de cor os versos de Baudelaire, e paguei jantares a alunas de faculdade que queriam dormir comigo para que eu lesse os originais de livros que elas haviam escrito nas suas férias de verão. Eu tinha tempo de sobra para jogar minha vida fora, e a mãe não estava mais lá para guardar pratos com o resto do almoço no forno, para cerzir minhas meias e dar conselhos coerentes quando eu estava para tomar o bonde errado. Eu era um jovem adulto aparentemente bem-sucedido e solto na vida; então, em suma, não havia limites para mim.

Nessa época, duas grandes coisas aconteceram: conheci Isabela, e meu pai morreu. A morte de Jan veio depois de anos de doença e declínio, e o velho partiu com a certeza de que seu filho era um homem, de fato, muito importante. Tantos anos de labuta tão longe da sua terra natal, enfiado nos confins de um país que ele jamais pudera compreender completamente, para Jan tinham valido a pena: seu filho varão, o fiel depositário dos seus sonhos, havia chegado ao ápice. Tal ideia jamais haveria de passar pela cabeça de Halina... Lembro-me ainda da mãe sovando a massa do pão e avisando-me, com uma voz triste e macia: *o azar persegue os pecadores, mój syn*. Halina era muito católica e muito básica nos seus julgamentos. O bem e o mal, o justo e o injusto — na ótica simples da mãe não existiam os matizes... Bem, ela costumava medir o nível de sucesso na vida alheia levando em conta apenas duas variantes: a quantidade de filhos que um homem havia posto no mundo, e a caderneta de poupança que esse homem lograra acumular. Evidentemente, eu não tinha nem uma coisa nem outra: o dinheiro ganho com meu sucesso literário fora gasto, entre outras coisas, para seduzir Isabela. E filhos, nem pensar. Além do mais, eu era um péssimo católico.

Suponho, portanto, que Halina tenha experimentado grandes sofrimentos sob a sua tumba, porque seu kochany, seu menino de ouro, aquele a quem ela mimava com beijos e biscoitos de polvilho, transformou-se num retumbante fracasso.

Mas, pelo menos, a vida ajudou-me a ludibriar Jan... Afinal, não creio que o velho olhe jamais para baixo. Quando morreu, foi com alívio. Nem a mãe, nem nenhuma das suas outras mulheres estava mais aqui, e não havia uma Polônia pela qual lutar, nem um vilão como Hitler do qual era urgente salvar o mundo. Não havia sucesso financeiro a ser conquistado. Seus filhos estavam adultos e não se impressionavam mais, nem com suas poucas histórias de guerra, nem com os músculos havia muito perdidos. A vida aqui, enfim, era-lhe inglória. Jan sempre precisara de grandes objetivos.

De fato, eu enganei a família por um tempo.

E até mesmo Isabela.

Conheci Isabela numa palestra em Montevidéu, numa noite de chuva no meio de um abafado mês de setembro, dez anos atrás. Enfim, tudo, mas tudo mesmo, parece que foi há muito tempo.

Havia alguma coisa de Lylia em Isabela, mas eu não percebi isso imediatamente. O que eu vi daquela moça sentada à terceira fila, com a mão de dedos longos erguida bem no alto, foi a basta cabeleira castanha, que lhe caía em cascata sobre os ombros. Ela parecia meio deslocada ali, naquela plateia de estudantes malvestidos, gente que preferia gastar seu salário em livros, não em roupas. Mas Isabela sempre teve dinheiro para as duas coisas.

Havia algo nos seus olhos quando ela me perguntou sobre o personagem principal do meu romance. Hoje vejo que eram olhos como os de Lylia naqueles anos em que estivemos juntos na casa azul.

Assim, quando lhe respondi sobre o conjunto de motivações e alheamentos que me fizeram criar aquele personagem, eu me senti tão frágil e confuso como aquele menininho se sentia, tantos anos antes, sempre que Lylia tomava nas suas mãos o prumo daquelas horas douradas.

Nem lembro como, mas Isabela e eu acabamos num restaurante após a palestra. Havia outras moças querendo sair comigo, um jovem autor de 28 anos, famoso e promissor; mas Isabela dera um jeito em todas as concorrentes.

Tomamos vinho e comemos peixe. Isabela tinha mãos delicadas e pálidas. E uma voz agradável, que soprava as palavras de um modo muito próprio. Fiquei absolutamente fascinado por ela. Era linda, com seus cabelos escuros, e olhos redondos e fundos, de um azul que tendia ao marinho, encravados sobre maçãs do rosto salientes. Seus olhos eram como duas gemas numa joia preciosa. Isabela estava terminando a pós-graduação em Arquitetura na universidade de Montevidéu, mas vivia no Rio Grande do Sul com a família, gente abastada que criava gado em fazendas no interior do estado.

— Paisagem e Ambiente — ela disse. — Mas eu gosto mesmo é de escrever. Admirei seu romance. A crueza que havia nele, quero dizer.

— Era a história trágica de um fugitivo de guerra — eu disse. — Tinha de ser assim.

E pensei imediatamente em Jan e no Sr. Getka. Eles eram o meu personagem, a fusão daqueles dois homens e dos seus silêncios.

Mas não falei nada disso a Isabela.

Ela não se interessaria por dois velhos imigrantes poloneses que tinham dado a vida por uma causa. Isabela certamente conhecia o Solidarinósc e Lech Walesa, mas era jovem demais para saber sobre o Levante de 44, a Armia Krajowa e o Polska Waczy. E o que dizer de um engenheiro imigrante que ganhara a vida fazendo armários na América, e depois fora desmontar minas na Europa ocupada?

Não, Isabela queria a literatura. A palavra certa e o estilo. Sangue, medo, penúria, dor e abandono não eram coisas que a interessavam. Isso até eu mesmo podia ver. Ainda antes da sobremesa, antes que ela terminasse seu peixe.

De qualquer modo, não houve mesmo uma sobremesa. Não naquela noite. Do restaurante, Isabela e eu fomos para o meu hotel. Foi naquela cama grande e impessoal que a universidade reservara para mim que eu me apaixonei mesmo por Isabela. E não havia nada de ficção naquilo. Mas Jan teria aprovado... Ah, isso teria.

Nosso casamento durou nove anos. E essa cifra é tudo de efetivo que sobrou dele, além de alguns armários vazios.

Os Getka eram o motivo da minha alegria ao chegar na casa azul. Não todos eles, mas a pequena Lylia, com seus cabelos loiros cortados à altura das orelhas, seus olhos azuis e os joelhos ossudos, marcados de tombos.

A euforia que a filha mais nova dos Getka (o mais parecido com uma prima que eu já havia conhecido na vida) causava em mim era incrivelmente nova. Parado ali em frente à casa azul, o que me esperava não era somente mais um verão — com suas incontáveis tardes douradas e o mar e tudo o mais —, era também aquela dimensão estranha, aquele calor escorrendo pelos membros como uma espécie de mágica, um dos mais frequentes efeitos colaterais da presença cintilante de Lylia nos meus dias.

Eu vivia uma fase de descobertas. O mundo era uma promessa, e eu tinha olhos curiosos.

Eu ainda lembrava das antigas tardes em que saíra do quarto na ponta dos pés, violando, como sempre, o horário do sono vespertino imposto pela mãe. Nesses dias, pisava tão leve como uma assombração das histórias contadas por Irenka, mas temia mais cruzar com Lylia do que com Halina, a quem um beijo sempre comprava. Porém, se Lylia me visse seguindo para o quintal em busca do caniço ou do balde de areia, eu seria obrigado a suportar-lhe a companhia à beira-mar. Afinal, a bondade da máma estendia-se a todos, e disso não escapava a mais nova dos Getka.

— Leve Lylia com você — era o que a máma sempre dizia.

E então as minhas incursões pelas dunas estavam arruinadas. Primeiro, haveria a conversa mole de Lylia nos meus ouvidos, zumbindo como um rádio fora de estação. E, depois, nenhum peixe morderia o anzol com ela pulando as ondas feito uma pequena maluca.

Porém, sucede que nada disso era mais válido, pois o último verão mudara tudo entre nós.

Eu tinha 10 anos.

A coisa começara numa tarde em que, ao subir ao sótão em busca da caixa de ferramentas do pai — porque queria construir uma cabana de madeira no terreno baldio ao lado da casa —, eu dera com Lylia mexericando velhas caixas à procura de revistas para recortar. Misteriosamente, naquele dia, eu não fiquei irritado com sua presença.

Ao ver minha cabeça surgindo pelo buraco do alçapão, Lylia apenas dissera:

— Que bom que você veio.

E, em silêncio, observara-me vagar pelo cômodo ensombreado e fresco, em busca das ferramentas.

Enquanto eu remexia pilhas de coisas velhas, caixas e mantimentos, vigiava Lylia com o rabo do olho. Notei que suas pernas se haviam alongado, que seus braços, dourados pelo sol do verão, eram esguios e ágeis, e que ela toda crescera bastante, não parecendo a garota de 9 anos que era em verdade, mas outra, mais velha, roçando os portais daquele misterioso e impressionante tempo em que as meninas se transformam em mulheres.

Ao final da minha procura sem êxito (o pai havia levado as ferramentas para a cidade no porta-malas do Ford), eu brindara-a com um convite para uma pescaria. Lylia demorou um pouco a aceitar, o que me causou espanto. Sem que nenhum de nós dois soubéssemos, estávamos nos iniciando no velho jogo da sedução... E, desde pequena, Lylia era uma boa jogadora.

Mais tarde, na praia, com o vento fazendo dançar seus cabelos platinados, ela comportara-se como uma verdadeira deusa da paciência. Em voz baixa, sem pulos nem correrias pela beira-mar, ela contara-me das manias da irmã mais velha, que dera para usar batom às escondidas da Sra. Getka. Ao final da pescaria, tínhamos uma trinca de peixes-rei. Voltamos, felizes, para casa.

E então aconteceu tudo.

Ainda posso enxergar a ruazinha de pedras em seus mínimos detalhes... Uma morneza boa se emanava das lajotas, aquecendo meus pés descalços. O vento fazia a areia redemoinhar aqui e ali, luzindo sob a claridade dourada do entardecer. Lylia seguia ao meu lado. Dentro do balde, os peixes eram um tesouro que compartilhávamos, nosso primeiro tesouro. Andamos pela rua vazia até a frente do nosso chalé. Havia em tudo um grande silêncio, mesmo na casa. Um silêncio anormal até.

Talvez as minhas irmãs e a irmã de Lylia tivessem saído com as outras mulheres, não me recordo bem. Lembro apenas que chegamos em frente à casa azul, que nos esperava sentada sobre os pilotis como um imenso animal obediente, e, quando eu ia abrir o portão, Lylia puxou-me pelo braço e deu-me um beijo pegajoso de maresia.

Ainda guardo, como um choque amortecido pelos anos, o leve arrepio que me tomou, o calor dos seus lábios na pele úmida do meu rosto.

Foi um beijo como uma borboleta, rápido e livre.

E depois Lylia avançou portão adentro e sumiu correndo no rumo da parte da nossa casa reservada aos Getka, deixando-me completamente confuso. Parado ali naquela ruazinha deserta, um tolo garoto de 10 anos, olhando os três peixes de olhos vidrados que amoleciam sob o sol no fundo do meu balde de lata. Naquela hora mágica — eu soubera isso desde aquele primeiro instante, quando a boca de Lylia tocou a minha — havíamos entrado num espaço novo, cheio de segredos e delícias, e não isento de perigos.

Como um sortilégio, às vezes ainda sinto o calor daquele primeiro beijo, embora isso tenha acontecido há tantos anos. De fato, daquela tarde até hoje já se passaram quase três décadas.

Pobre Lylia, e (perdoem-me) pobre de mim também.

Nós sempre chegávamos à praia um dia antes dos Getka. A longa viagem, que tanto devia pesar nos ombros de Jan, para mim era uma experiência de inequívoca felicidade. Cada minuto, cada quilômetro rodado pela estrada ou pela areia, cada suspiro e cada solavanco deixavam em mim uma marca. Já ao final do trajeto, mergulhávamos na luz avermelhada do poente, e eu, no banco traseiro do Ford, olhos ofuscados por aquele brilho quase sobrenatural, sentia-me plenamente feliz. O mundo já não tinha contornos definidos, arestas e formas fundiam-se na luminosidade barroca do poente, mas eu era inteiro. A infância deve ser isso, essa sensação de paz que não conhece nem passado nem futuro, essa completude que só a inocência pode oferecer.

Enfim, de um modo ou de outro, vencíamos a viagem e chegávamos ao chalé. Lembro de estar parado em frente à casa, olhando a tardinha morrer naquele silêncio fresco da praia. Ninguém passava por ali, enquanto o pai estacionava o Ford de modo a tirar a bagagem da maneira mais fácil. As irmãs e a mãe permaneciam no carro. Como sempre, eu era o primeiro a descer. No céu, pássaros voavam numa formação estranha. Soprava uma brisa morna, cheirando a algas.

Enquanto, uma a uma, as irmãs surgiam na varanda, o pai revirava uma sacola em busca das chaves. Halina andava ao redor da casa, balançando tristemente a cabeça ao contabilizar os estragos que o vento e a maresia haviam feito na pintura durante o longo inverno. Aquilo pareceu-me absolutamente desnecessário, uma das poucas tolices de Halina. A casa era, para mim, de uma beleza única. A pintura descascada, aqui e ali, não passava de um traço da sua personalidade, uma das coisas que a faziam insubstituível.

Misturado ao meu amor pela casa azul, havia a excitação com a chegada iminente de Lylia Getka. Sentado no umbral, esperando que o pai finalmente lograsse encontrar a chave certa e abrisse a porta, eu saboreava, de antemão, a delícia da nossa cumplicidade. Agora, Lylia e eu éramos mais do que parte de uma família que se unira, não pelo sangue, mas por determinados eventos do passado. Éramos cúmplices, isso sim: cúmplices, e muito mais do que amigos.

Amigos dividem segredos entre si. Nós éramos um segredo para os outros.

No último verão, havíamos criado uma teia de hábitos só nossos. Roubávamos uma hora à sesta para ficarmos juntos no sótão brincando de jogos de adivinhação; durante o dia, quando íamos ao mar com a família, seguíamos por lados opostos na praia, a fim de nos encontrarmos atrás das dunas para rápidas conversas sem tema definido, evitando mais do que tudo que minhas três irmãs, mais Olenka, nos importunassem. Pouco nos importava que falássemos de coisas vagas e tolas, até mesmo do almoço que viria, ou de alguma das manias de Eva, a quem nós dois gostávamos de incomodar na falta de coisa melhor a fazer. A graça era o segredo que permeava nossos diálogos, e não o que era dito.

Às vezes, logo que a noite caía, íamos juntos até um descampado perto da casa e procurávamos vaga-lumes. Certa vez, numa noite morna de janeiro, eu consegui prender um deles num vidro de conserva, o que causara espanto até mesmo nas minhas irmãs e em Olenka. Ah, quanto orgulho eu senti ao entregar nas mãos de Lylia aquele pequeno troféu, e o gosto que teve seu riso!

— Aqui está, finalmente — disse o pai. — Eu achei que tinha esquecido essa chave na cidade.

Depois de seis longas horas de viagem, a entrada na casa não era o fim da jornada, mas o começo de uma outra aventura. Tínhamos de descarregar o carro e levar malas e embrulhos para dentro. Tínhamos de bombear água do poço no fundo do quintal, limpar os armários, guardar os mantimentos, arejar os cômodos, varrer o chão e fazer as camas. A mãe também teria que preparar a refeição da noite, uma boa bigos para restabelecer as forças de Jan. Eva, a nossa empregada, só viria no dia seguinte com os Getka, pois eles eram apenas quatro. Não cabia mais ninguém no Ford do pai, naquela guerra de cotovelos e vontades irreconciliáveis.

Sob meu olhar atento, o pai lutou bravamente com a fechadura emperrada pela umidade. E, depois de algum tempo, a porta da casa azul se abriu com um baque. Pequenas gotas de suor escorriam pela testa alta de Jan, como se tivessem subitamente nascido da linha onde começavam seus cabelos. O pai estava ficando careca, e os fios pareciam se afastar mais e mais do seu rosto anguloso a cada ano, fazendo com que seus olhos, de um castanho-esverdeado seco e profundo, ficassem mais vistosos e intrigantes.

Foi com esses olhos argutos que Jan fitou-me quando falou:

— Você entra primeiro, Andrzej. Faça as honras.

O velho sempre falava comigo, como se as três irmãs, por serem mulheres, fossem assunto exclusivo de Halina. É bem verdade que eu adorava isso, a hierarquia familiar que me colocava mais perto de Jan, aquele portento, com sua voz grossa, seus modos autoritários, o par de manzorras ágeis, e aquele jeito de ser o dono de todas as coisas do mundo.

Assim, enchi o peito de ar e retruquei:

— Lá vou eu, tatus. Lá vou eu.

Lá vou eu, tatus, ainda posso ouvir a minha voz... Aquela outra voz que eu tive, trinta anos atrás. E até mesmo o tremor, o leve tremor das minhas vogais arrepiadas pelo medo daquele vazio de tantos meses, o cheiro úmido que a casa bafejava no meu rosto, como um animal subitamente despertado do mais profundo dos sonos.

Ergui bem alto os ombros ao passar pelo umbral da porta, como sempre imaginei que um soldado faria ao pisar no campo de batalha. Atrás de mim, Irenka e Vera riram, achando tudo aquilo uma grande bobagem. Mas eu sabia que Marysia estaria furiosa, porque ela queria ser a primeira a entrar.

Então eu finquei o pé no assoalho...

Uma levíssima nuvem de pó levantou-se do chão feito um sopro. Pensei no suspiro de um fantasma, senti um fisgão de medo e recuei outra vez para a soleira. Lá dentro estava escuro e fresco, e o ar tinha um cheiro de coisas guardadas, de gente velha, tão velha como a bisavó lá na Polônia naquela casinha cinzenta e caindo aos pedaços, a casa congelada no tempo do retrato que o táta guardou na carteira até morrer.

Não era certo entrar daquele jeito na casa. Sem avisos, despertando os móveis, a poeira e os insetos sonolentos nas frestas das paredes de madeira. Tudo ainda dormia na pasmaceira dos longos meses invernais, ninguém avisara a casa de que já era verão.

Lá fora, a grama era verde, havia muitas flores, e o vento minuano cedera vez a uma brisa morna. Mas as entranhas da casa de nada sabiam.

E eu ali naquela sala, um intruso. Um intruso arrependido. Como se estivesse cometendo um erro, algo parecido com o que o padre Pinsk denominava *pecado*. Atrás de mim, o pai deu-me um leve empurrão: era preciso que eu fizesse jus à sua eterna preferência.

— Vá em frente, mój syn.

— Vá em frente, Andrzej — repetiu Vera, rindo.

Eu respirei fundo. Não havia outro remédio senão avançar.

Encontrei forças para mirar o pai e entregar-lhe o meu melhor sorriso. Mas, então, cansada de esperar por aquela misteriosa cerimônia, e com tantas coisas ainda a fazer antes da noite, a mãe passou por mim sem dizer nada, quebrando o mistério daquele instante ao pisar com pés decididos na sala penumbrosa.

Halina entrou carregando uma enorme sacola de mantimentos, e seguiu apressada pelo corredor no rumo da cozinha.

Com a sua aparição tão mundana, a magia e o perigo se desfizeram. A sala pareceu recobrar sua antiga vida sem brilhos nem segredos. O comprido sofá azul-marinho, levemente desbotado e precisando de um forro novo, a mesa redonda com os quatro bancos, o armário de louças com uma das portas abertas — apenas móveis. Móveis e poeira.

E todo um verão pela frente, eu pensei, parado ali no meio de tudo, com o coração aos solavancos. Atrás de mim, Vera punha-se a rir da minha covardia.

Os Getka chegaram na tarde seguinte, após o nosso banho de mar.

Eu estava sentado na varanda, balançando os pés sujos de areia, enquanto lá de dentro vinham as vozes de Irenka e Vera disputando o lugar sob o chuveiro. Essa era uma cena corriqueira entre minhas irmãs (elas pareciam sempre ter vontade de usar o banheiro ao mesmo tempo), e eu quase podia vê-las: empurrando-se sob a ducha fria, as peles ensaboadas, os ombros vermelhos, os cabelos grudados na cabeça como polvos meio mortos, lubrificados com xampu. De vez em quando, a voz da máma, num tom mais suave, ciciava no ar morno daquela tarde distante.

Quase uma carícia, a voz da máma...

E lembro que eu abri um sorriso feliz e fechei os olhos por um momento, talvez para não esquecer do timbre da sua voz, o que de fato veio a acontecer. De onde quer que ela falasse, com quem ela falasse, sempre parecia que a máma se dirigia a mim.

"Mój kochany", ela dizia sempre.

Meu querido, agora ouço apenas o eco das suas palavras em meus ouvidos, e meus olhos se enchem de lágrimas como os de um menininho.

Lá dentro, as minhas irmãs ainda brigavam pelo chuveiro. Elas que se digladiassem, pensei. E então a máma pôs-se a apartar a discussão das duas, misturando palavras polonesas ao seu mal-ajambrado português.

Eu não tinha a menor vontade de tomar banho com todo aquele céu azul-dourado cintilando sobre a minha cabeça. Gostava da maresia na pele, a areia presa entre os dedos fazendo cócegas, o calção molhado que pingava, criando uma pequena poça escura no piso de madeira da varanda. Era mesmo uma grande sensação de liberdade, depois de tantos meses com a gravata do uniforme escolar cingindo o meu pescoço.

Perto dali, sob o sol, Marysia cavoucava preguiçosamente o jardim com um pedaço de galho seco de pinheiro, procurando minhocas para flagelar. Marysia também não fazia grande questão de tomar seu banho diário. Ela ergueu os olhos para mim; eram castanhos e vívidos, com um brilho zombeteiro. Por um momento, Marysia entregou-me um sorriso cúmplice, depois baixou a cabeça e tornou à sua busca, resmungando em voz baixa algo como "anelídeos", tal qual uma aluna na classe de biologia tentando decorar uma matéria chata.

Eu voltei minha concentração para o interior da casa, pois a rua deserta de pedra e areia parecia dormir profundamente o sono do final da tarde. Às vezes, um cachorro passava distraído e ia sumir nas moitas de algum terreno baldio. Nas casas distantes, nenhum movimento. Imaginei as pessoas à beira-mar, com seus cestos de comida, as bolas, as toalhas de praia.

Na cozinha, uma porta se fechou com estrondo. Eu podia ouvir os passos da mãe no corredor e, finalmente, o barulho das panelas sobre a pia. A discussão pelo privilégio do chuveiro finalmente terminara, e Halina voltava aos preparativos para o jantar das duas famílias, o primeiro daquele verão. Pratos, panelas, um assovio sem ritmo, e, lá no fundo, o moroso suspiro do mar. Depois os passos do pai no assoalho de madeira: *bum, bum, bum*, os passos de um gigante... E sua risada seca, curta.

Eu gostava de adivinhar os sons, os ruídos da casa, seus rangidos e gemidos. E os tilintares... Sim, sempre havia os tilintares alegres e dissonantes, como o barulhinho do gelo que o pai largava num copo (o gelo, aquele verdadeiro tesouro vindo da Frigidaire amarela nova que reinava no centro da cozinha, alimentada pela energia elétrica que havia pouco chegara à nossa casa). O pai tomava, todos os dias ao entardecer, um ou dois copos de vodca. Decerto, era a vodca que Jan fora buscar na cozinha. E umas rodelas de limão, uma homenagem ao Brasil. Na Polônia, não se misturava a vodca a nada. Mas o Brasil era um país diferente, dizia Jan com um piscar de olhos. Aquela mistura tinha um gosto horrível — eu provara-a certa vez —, mas fazia bem ao pai. Depois do primeiro copo, ele sorria e até contava histórias, desde que não fossem sobre a guerra.

— Ah, aqui, aqui... — gemeu Marysia perto de mim, recolhendo de um buraco na terra uma enorme minhoca marrom-avermelhada.

Eu gostava de Marysia porque ela agia como um menino e não tinha nojo de insetos.

— Dá pra mim? — pedi. — Para a pescaria?

E antes que Marysia tivesse oportunidade de negar-me a preciosa minhoca, esmagando-a entre o polegar e o indicador, o gemido angustiado do motor dos Getka rompeu o silêncio da tardinha, e o carro surgiu como uma mancha negra contra o céu azulado.

Marysia deu um gritinho de júbilo e atirou a minhoca no meio dos chumaços de capim. Em seguida, correu para dentro de casa, a fim de chamar a mãe.

Mas eu não.

Eu permaneci ali, sobre a poça de água que escorrera do meu calção de helanca, esfregando nervosamente os pés sujos de areia, tentando conter meu coração que batia mais do que os cubos de gelo no copo de vodca de Jan.

Tum, tum, tum, fazia meu coração. E todo meu corpo era uma grande pedra de gelo derretendo silenciosamente ao sol, porque Lylia tinha chegado.

Finalmente.

A luz da tarde escorria sobre o capô escuro. Eu podia ver os movimentos dentro do carro, distorcidos pelo vidro. As cores das roupas, um braço estendido, um tronco feminino vestindo uma blusa azul... E, então, uma mãozinha branca escapou pela janela, como um passarinho que houvesse fugido da gaiola, e acenou alegremente para mim.

Retribuí cheio de ansiedade. Como estaria Lylia? O tempo havia passado desde o último verão, e nossos encontros na cidade eram curtos e casuais. Com Lylia, tudo podia acontecer... Talvez já tivesse outro amigo, pensei. E todos aqueles segredos, todos os planos, brincadeiras e sinais que somente nós dois conhecíamos poderiam não valer de mais nada para ela.

Então Lylia recolheu sua mãozinha. E depois uma das portas do carro se abriu, a do lado do motorista, e eu vi *pan* Jósef descer, estirando os braços para a frente. Ele fazia movimentos com o tronco e também algumas caretas de dor. No seu rosto, havia poeira e um sorriso engraçado.

— Jósef! — gritou meu pai, que surgiu na varanda, vindo da sala com seu copo de vodca e limão. — Mój Boze, você está bem sujo, Jósef!

Jósef Getka abriu os braços e deixou-os cair ao lado do corpo.

— O pneu furou há uns 50 quilômetros daqui — disse ele. — Tive de fazer tudo sozinho, Janek. Você sabe.

O pai sorriu e olhou para mim com uma espécie de orgulho maldisfarçado. Havia um brilho arguto naqueles seus olhos. Era como se ele dissesse: "Pois se meu pneu furar na estrada, eu sempre terei ajuda." Depois, ele tomou um longo gole do seu drinque, e desceu as escadas da varanda até perto do carro dos Getka. Jan não era um homem alto, mas havia algo em seu jeito de andar, uma força... Ah, lembro como me parecia grande e invencível ao abraçar o amigo de infância, cuja vida havia se cruzado com a dele em tantas ocasiões.

E então, enquanto os dois homens trocavam cumprimentos em polonês, a porta do passageiro se abriu, deixando escapar a figura miúda e delicada da Sra. Getka.

Danya, a mãe de Lylia. Aquela que tinha um número tatuado no antebraço direito, com seus cabelos de um castanho-dourado, levemente ondulados, presos na nuca de tal modo que era como se ela tivesse enfiado uma noz na cabeça à guisa de chapéu. Mas Danya Getka era bonita, era sim, essa descrição meio doida pode dar a entender o contrário. Danya tinha uma beleza frágil e comovente. Alguma coisa nos seus olhos, nos seus ossos finos, no perfil do seu rosto delicado, fazia a gente estar sempre temendo por ela, como se corresse um perigo.

Depois que a Sra. Getka desceu do carro, surgiu Olenka, ajeitando as saias do seu vestido florido, os cabelos louros arranjados numa trança malfeita. Depois desceu Eva, a nossa empregada que viajara de carona.

Por último, usando um vestidinho branco, os cabelos platinados e cortados à altura das orelhas, os olhos azuis cintilando como o céu, foi que surgiu Lylia.

Lylia... Seu nome era doce como uma laranja madura.

Ela estava descalça e, no lado direito do seu rosto bonito, uma mancha de chocolate revelava seu apetite insaciável para doces.

Lylia saiu correndo para a varanda, sem se ocupar da mãe ou das bagagens que Eva e *pan* Jósef começavam a tirar do carro com a ajuda de Jan. Parecia um bichinho desses que a gente vê na televisão, correndo solto por um prado ou coisa parecida. Com três pulos exatos, subiu a escadinha da varanda, deslizando pelo espaço que nos separava enquanto limpava com as costas da mão o rosto sujo de chocolate, e postou-se na minha frente, fazendo uma cara amuada:

— Quase morri de calor, Andrzej! Estou precisando de um banho de mar.

Ah, o fogo que me queimou por dentro... Ela falava comigo como no verão anterior. Nada havia que nos tivesse separado. Nem outro amigo, nem os meses todos, aquele inverno infindável. Num piscar de olhos, ali estava Lylia Getka, e a vida ganhava outra graça para mim.

Minha mãe e minhas três irmãs surgiram numa algaravia de vozes e risos, e logo todas as mulheres se misturavam numa única aglomeração de vestidos, braços e pernas, beijando-se, trocando notícias e detalhes sobre a casa e o cardápio do jantar, enquanto meu pai, o Sr. Getka e Eva tratavam de levar as malas para dentro.

Ninguém prestava atenção na gente, e Lylia sentou-se ao meu lado sem se importar com a poça de água que brotava do meu calção.

— Um gato comeu sua língua, Andrzej?

Devo ter corado. Fiquei alguns segundos em silêncio, procurando a coisa certa a dizer.

— Vocês demoraram, Lylia. A gente veio da praia há pouco.

— O pneu do carro do papai furou. Foi preciso tirar tudo do porta-malas, e a máma ficou bem nervosa. E depois tivemos Olenka com um enjoo bem típico dela — Lylia disse, dando de ombros. — Mas você está de roupa de banho... A gente podia ir até o mar.

E, sem esperar pela minha resposta, Lylia deu um pulo e foi para os fundos da casa atrás do seu próprio maiô, enfiado em alguma daquelas malas.

Fiquei ali num misto de alegria e desassossego. Alguma coisa tinha acontecido com Lylia, alguma coisa nova, muito além daquela petulância graciosa. Ela parecia mais alta, mas era ainda outra coisa.

Era o seu jeito de olhar...

Como se ela soubesse que eu estivera esperando-a desde a noite anterior, e que até mesmo sonhara com ela.

No entanto, tínhamos nos visto por ocasião da Missa do Galo, e nada daquilo, no fortuito encontro que tivéramos no corredor da igreja de Nossa Senhora de Santa Clara, nada daquele brilho, daquela ousadia estava impresso no seu rosto. Apenas uma menina a mais, no seu vestido novo, caminhando em silêncio ao lado de *pane* Danya, enquanto os adultos trocavam ensejos natalinos sob a luz débil das velas que reluziam ao longo da nave.

Como um peixe, Lylia emergiu do mar cuspindo água, e depois que toda aquela água salgada foi parar na minha cara, ela desatou a rir. Afastou-se de mim, batendo braços e pernas, virando a cabeça quando vinham as ondas.

— Quero ver se você me pega, kochany!

Kochany... Querido...

Lylia dizia essas palavras como uma moça adulta, talvez imitando a irmã mais velha, ou até mesmo a Sra. Getka, muito embora eu jamais tivesse visto a calada Danya chamar alguém daquele jeito.

— Você vai ver! — eu disse, antes de ir no seu encalço.

Então sacudi o corpo e saí atrás dela com braçadas vigorosas. Nadava bem, por exigência paterna. Duas vezes por semana, ia com Jan a um clube. O pai, certa vez, caíra num lago congelado na Polônia, e desde então considerava a natação um aprendizado fundamental na vida de qualquer criança, mesmo que ela morasse a centenas de quilômetros de um bom lago. Até mesmo Irenka, Vera e Marysia tiveram que se haver com a água por algum tempo, até que a máma convencera Jan de que as meninas estavam grandes demais para aquela coisa toda. Desde então, era comigo que o velho se preocupava, como se eu estivesse fadado a cair num lago, tal qual sucedera com ele.

Nadei alguns metros no encalço de Lylia. A água não era clara, mas de um tom acastanhado e opaco, e estava fria. Porém, eu me sentia feliz naquela praia deserta, com o vento a encrespar a crista das ondas, levantando espuma em pequenos flocos que se dissolviam sob o céu do entardecer.

E Lylia estava comigo. A dois metros de mim. Uma menina, e eu não me sentia irritado. Nem entediado, nem nada de ruim. Apenas feliz.

Queria tocá-la, então apressei meus movimentos, estendendo bem o braço e trazendo a mão em concha até o quadril, empurrando a água para trás. Logo alcancei-a, era maior e mais rápido do que ela, embora a agilidade de Lylia não fosse nada desprezível. Segurei-a pelo braço, puxando-a para mim. As ondas rebentavam mansas, salpicando-nos de espuma, e Lylia riu alegremente. Seus olhos azuis pareciam ainda mais cintilantes contra toda aquela água amarronzada.

Ela disse:

— Sonhei com isso durante toda a viagem.

Estávamos muito perto um do outro, duas crianças naquela imensidão de água fria, junto com os peixes e sabe-se lá mais que tipos de estranhos animais marinhos.

Eu quis abraçá-la só um pouco; mas enquanto lutava contra meu instinto, contra a tolice que aquilo teria me parecido ainda alguns meses atrás, ouvi uma risada vinda da areia, e meus dedos afrouxaram a tensão em torno do braço de Lylia.

Dei duas braçadas para a direita, colocando-me a cerca de um metro e meio dela, antes de mergulhar e seguir para a beira da praia.

Eu conhecia aquele riso.

Era Marysia.

Cansada dos assuntos das moças, minha irmã mais nova dera um jeito de escapar, e fora nos procurar na praia em busca de companhia.

Saindo do mar, eu a vi. O corpo magriço contra a luz que já começava a desaparecer, e Marysia parecia ainda menor do que já era. Fazia desenhos na areia com os dedos do pé, e o tecido claro do seu maiô brilhava de um jeito esquisito, como se captasse o resto da luminosidade daquele anoitecer.

Senti medo de que ela entendesse o que se passara entre nós... Mas Marysia era agitada demais e sonhadora de menos. Ela jamais cogitaria a possibilidade. Marysia teria até mesmo *nojo*.

Já era mesmo hora de voltar para casa. A noite descia com rapidez, deixando o ar frio. A praia cheirava a peixe.

Marysia me esperava na areia, sem saber que havia estragado alguma coisa. Tudo aquilo ainda era um segredo meu, e eu tinha vergonha de admitir meus sentimentos até mesmo para mim. Aos 10 anos, gostar de uma menina era um escândalo. Hoje, com quase 40 e um casamento fracassado nas costas, o amor não se tornou menos incompreensível para mim, nem menos desejado.

Naquela noitinha, parei ao lado da minha irmã mais moça e olhei-a quase com desaprovação.

— O que você está fazendo aqui, Mary?

Fora da água, o vento parecia frio demais.

Marysia deu de ombros:

— A praia é de todos, Andrzej. E a máma me mandou chamar vocês.

Por alguns instantes, envolvido com a estranheza daquele sentimento, eu me havia esquecido da própria Lylia. Busquei-a com os olhos; ela ainda estava no mar, dando pulos como uma foca exibicionista. Tive vontade de rir, mas, em vez disso, disse:

— Lylia vai se afogar desse jeito.

— Não vai nada — respondeu minha irmã. — O tio Jósef disse que ela ganhou uma medalha na natação. Mas decerto não foi fazendo essas bobagens...

Eu ignorei a menção à medalha, pois eu mesmo não possuía uma. Agora já estava arrepiado, e sentia falta de uma toalha ou algum agasalho com o qual me cobrir.

Era um esforço contínuo sentir-me mais forte que Lylia, mais poderoso do que ela... Mesmo sendo mais velho quase um ano inteiro, e mais alto, ainda assim havia alguma coisa que a tornava superior.

Aqueles olhos...

Então, ergui as mãos em concha e gritei, irritado:

— Vamos, saia daí, Lylia! A gente precisa voltar pra casa!

Sem esperar que ela parasse de pular as ondas, dei as costas a Marysia, e saí arrastando os pés pela praia que o vento açoitava.

Sozinho e vagamente infeliz, tomei o rumo de casa.

As coisas mudavam rápido dentro de mim. Eu estava cansado de meninas e dos seus mistérios: o que precisava agora era de um banho quente.

Jantávamos cedo na casa azul.

A luz do dia extinguira-se havia pouco para os lados do poente, quando a mãe me chamou à cozinha.

Desde a volta da praia, eu não conseguira olhar para Lylia direito. Era como se ela pudesse contar aos outros do poder que, ainda há pouco, exercera sobre mim.

Lylia voltara da praia logo depois, na companhia de Marysia. Sobre o que haviam conversado, eu não sabia nem ousara perguntar. Depois de estar algum tempo sumida entre os cômodos privados dos Getka, Lylia voltara com os cabelos penteados, uma fita azul cingindo sua cabeça, e um vestido de minúsculas flores que, alguns verões atrás, tinha sido amplamente usado por sua irmã mais velha, Olenka, de quem ela herdava a maioria das roupas.

As quatro meninas começaram uma partida de canastra, da qual eu me recusara a participar, um pouco por medo de perder. Não era muito bom com os naipes, e não queria passar vexame na frente de Lylia — ela, que já tinha uma medalha na natação! —, de modo que disse ter outras coisas a fazer, e desapareci no quintal até a hora em que a máma avisou-me de que o jantar estava servido.

Reinava na cozinha o mesmo silêncio honrado de todas as noites. Era como se as duas travessas cheias de bigos, a panela grande de arroz e a carne assada fatiada em sua travessa branca impusessem um estranho respeito aos quatro adultos e às moças. Até mesmo Eva, servindo o suco de uva nos copos que haviam sido da batka, parecia alheiamente devota de algum deus misterioso que rondasse pratos, talheres e guardanapos.

Era do conhecimento de todos naquela mesa que os mais velhos tinham passado muita fome na vida. Afora a mãe, cuja existência pregressa não parecia mais exótica do que a da maioria das mães dos meus amigos de colégio — uma vida numa chácara no interior do Rio Grande do Sul, pilhas de irmãos e quilômetros de caminhada diária até chegar a uma escola —, todos os outros adultos presentes tinham vivido misteriosas tragédias na Polônia, antes de virem para o Brasil. Se bem que, com o velho, a ordem não era exatamente essa... Eu sabia que Jan tinha vindo para o Brasil, depois tinha voltado para a Europa por causa da guerra. E, outra vez, quando tudo acabara, e Hitler já tinha enfiado uma bala naquela sua cabeça cheia de coisas tenebrosas, Jan voltara para Porto Alegre e para Halina.

Mas a coisa era toda muito nebulosa e cheia de enredos políticos — difícil demais para que eu pudesse compreendê-la aos 10 anos. Além disso, sobre aqueles tempos difíceis, os adultos sempre falavam em voz baixa e em polonês, longe das crianças, geralmente tarde da noite, como se tudo tivesse sido parte de um mesmo pesadelo que todos tivessem sonhado juntos.

Porém, eu entendia o suficiente daquela língua difícil, e pisava leve também — alguma coisa de cada um deles, do pai, do Sr. e da Sra. Getka, era do meu conhecimento, e com esses fiapos de coisas eu ia montando meu quebra-cabeça, privado. Mas havia muitas dúvidas sobre as quais não podia perguntar nada. Essas lacunas, eu preenchia com a imaginação.

Luta armada, holocausto, campo de concentração, hitlerowcy eram palavras que eu esmerilhava havia anos, sem muita clareza, nem bons resultados. É óbvio que na escola eu já havia lido sobre os campos nazistas, os horrores da guerra e as bombas na Europa durante a famigerada Segunda Guerra Mundial. Mas parecia-me impossível associar tais horrores à figura da mãe de Lylia, Danya Getka, com seu vestido bege de algodão fino, os cabelos soltos até os ombros, e aquele risinho tímido que parecia sempre estar acariciando alguém invisível.

— Você lavou as mãos, meu filho? — perguntou-me a máma, indicando a única cadeira vazia ao redor da mesa.

Eu disse que sim, dando-me conta de que todos estavam sentados, enquanto a Sra. Getka tratava de prender o guardanapo em torno do pescoço de Lylia, que parecia tremendamente incomodada com aquilo.

Quando Danya Getka mexia as mãos, eu podia ver a sombra azulada dos números tatuados no seu antebraço direito, e o silêncio de todos parecia, então, ter mesmo algum significado especial.

— Sente-se, Andrzej — disse Jan, calmamente. — Estávamos esperando por você.

E começou a rezar em polonês com sua voz clara e vigorosa, agradecendo a Deus a comida e a saúde de todos.

Uni as mãos sobre a mesa, imitando o pai. Depois, ergui os olhos e espiei minhas irmãs e Olenka: as quatro pareciam concentradas na reza de Jan, enquanto uma fumaça espiralada e cheirosa subia das travessas.

A máma também estava de olhos fechados, e seu rosto cheio, redondo e pálido, parecia serenamente feliz. Era disso que Halina gostava: a família reunida, a mesa farta, e aquele vento fresco soprando nas janelas, fazendo gemer as venezianas enferrujadas e encrespando o mar para além do terreno dos fundos.

Jósef Getka também rezava, remexendo os lábios finos; mas Danya, não. A mãe de Lylia estava de olhos cerrados e parecia dormitar, alheia às palavras de Jan, enquanto Lylia observava-a com um sorrisinho torto no rosto, e arrancava o guardanapo do próprio pescoço com um gesto vitorioso.

Meus olhos se cruzaram com os olhos de Lylia. Eu vi os braços finos de Danya Getka, e aqueles números de um azul borrado. Meu rosto incendiou-se tomado de uma vergonha sem explicação. Aqueles números eram uma espécie de nudez.

Então, para fugir daquele rubor, baixei os olhos e recomecei a rezar, acompanhando o pai nas últimas frases da sua oração.

Mesmo com as pálpebras fechadas, eu podia adivinhar que agora Lylia Getka estava rindo de mim. Da minha vermelhidão e da minha falta de coragem, escondido ali, no escuro de mim mesmo, enquanto o táta baixava suas enormes mãos sobre a mesa com certo estrondo e dizia:

— Miejmy Nadzieje.

— Tenhamos fé — repetiram os adultos em coro, e eu também, obediente.

Mas a voz de Danya e de Lylia não se fez notar entre as outras. Vai ver, elas não tinham fé, eu pensei, sem me importar com um conceito abstrato demais para mim. O que era Deus, e o que era fé, senão palavras usadas pelos meus pais e pelos outros adultos, em casa e na escola? Eu não acreditava em Deus naquele tempo, como até hoje não acredito, muito embora a mãe tenha morrido sem saber disso, e o velho também.

Imediatamente após a oração, Halina começou a servir o bigos para Jan e para Jósef, indiferente ao silêncio nada cristão da sua melhor amiga.

Havia alguma coisa na Sra. Getka, alguma coisa de livre e de frágil ao mesmo tempo, que parecia provocar nos outros uma espécie de indulgência. Afinal de contas, até mesmo eu sabia que Jan não admitia que não se rezasse à mesa antes das refeições. Mas o olhar que meu pai entregou a Danya, quando o prato que Halina servira lhe foi passado por ela, era apenas um olhar de agradecimento, cheio de um afeto honesto. Eu diria que era até mesmo um olhar de admiração.

Enquanto isso, ao meu lado, alheia à fé dos outros comensais, Marysia roubou um pedaço de pão da travessa, e começou a mastigá-lo com energia. Eu achei graça, e ela riu também, como um bichinho alegre e faminto que abana o rabo para o dono.

E então o pai baixou o rosto para sua comida e começou a mastigar concentradamente, soltando um suspiro de satisfação que fez Danya Getka dar um risinho disfarçado. O cheiro da comida era mesmo bom — as pessoas costumavam dizer que minha mãe era uma excelente cozinheira, e as refeições lá de casa sempre contavam com visitantes.

Eva começou a servir o arroz e o bigos para Lylia e para mim, enquanto meu pai comentava o vento que soprava lá fora — aquele vento inquieto que levantava areia, volejando sabe-se desde onde, e que trazia um cheiro de salitre no seu rastro. Como se Jan houvesse dado o sinal verde para que a alegria voltasse à mesa, todos desandaram a conversar descontraidamente, e o barulho dos talheres batendo na louça branca da máma parecia o de uma orquestra afinando os instrumentos para um baile.

O que quer que estivesse flanando por ali havia poucos instantes, aquela aura de mistério e devoção, desaparecera completamente, como se o vento nordeste, aquele moleque arruaceiro, tivesse levado tudo para bem longe.

Juntos, naquela mesa, todos nós parecíamos uma única família, uma família como qualquer outra que se possa imaginar — sem segredos, nem terrores, nem despedidas para sempre suspensas no tempo. Uma família até mesmo sem passado, como alguma coisa recém-inventada pela mente fértil de uma criança.

O sótão da casa azul cheirava a cachorro molhado. Depois de meses no mais completo abandono, nem mesmo a faxina diligente de Halina conseguira apagar um certo olor de ranço e de algas apodrecidas que espreitava entre as tábuas do assoalho amarelado.

Aquele cheiro me fazia pensar em Eva. Toda vez que recolhia as minhas meias usadas do cesto de roupa suja, ela dizia "isso aqui cheira a cachorro molhado". Eu preferia chamar aquilo de chulé. Mas Eva, aquela moça magriça e tímida que viera do interior havia dois anos e que ainda falava olhando as unhas dos próprios pés, não pronunciaria uma palavra como aquela.

Chulé, eu repetia, seguindo-a pelos corredores, quando estava com vontade de atazanar alguém. *Chulé, chulé, chulé*. Era, sem dúvida, uma palavra muito boa de se dizer, malgrado Eva não a experimentasse jamais. O sótão, naquela noite da minha memória, cheirava a chulé, muito embora a organização do lugar fosse evidente.

Ainda hoje posso vê-lo, quiçá vagar por ele, percorrer seus nichos repletos de bugigangas, de caixas velhas e de coisas que minha mãe relutava em jogar fora. A luz inquieta da vela que eu roubara do armário do banheiro (pois ali em cima não havia energia elétrica) deixava ver as caixas de mantimentos empilhadas de um lado do cômodo, etiquetadas com a letra miúda da máma — *farinha, arroz, bolachas* —, enquanto do outro estavam as coisas de Jan. Ferramentas e velhos pulôveres que ele guardava para usar nas noites de pescaria, garrafas de vodca e de vinho, e caniços de pesca com seus anzóis e apetrechos.

Era bem tarde, talvez já passasse das onze da noite, e eu certamente não devia estar ali. Havia rígidas leis sobre as horas de sono na nossa família. Na casa da praia, eu dividia um quarto com Marysia, enquanto Irenka e Vera dormiam em outro; as irmãs Getka também tinham seu pequeno quarto lá nos fundos. Naquela noite, eu sabia que Marysia já estava dormindo, porque, antes de escapar da cama, eu ouvira o seu lento ressonar, aquela respiração pesada de cansaço, rítmica e musical, e então tivera certeza de que não seria delatado.

Mesmo no sótão, eu podia ouvir os ruídos na cozinha. Eles subiam até mim ainda frescos — barulhos e tilintares de colheres e panelas. Talvez a mãe estivesse preparando coalhada para o dia seguinte, ou então Eva terminasse a arrumação do jantar. Eu sabia que o pai e Jósef haviam saído para uma caminhada na beira da praia, como costumavam fazer. Eles olhavam estrelas, e Jósef Getka conhecia-as todas pelo nome porque, quando era moço lá na Polônia, antes da guerra, ele pensava em se tornar astrônomo e tinha estudado as constelações. Agora, Jósef Getka trabalhava na firma do pai como gerente da filial que eles tinham no interior, e passava parte da semana viajando no seu carro de um lado para o outro do Estado. Talvez ainda olhasse as estrelas nas suas viagens noturnas, mas o vidro do para-brisas e o cansaço da realidade decerto haviam de ofuscar-lhes o brilho.

Enfim, não sei bem. O Sr. Getka sempre me pareceu um homem afinado com a própria vida, sério, doce, de olhos firmes. O tipo do homem que poderia ter virado mesmo um astrólogo ou um cientista importante. Somente anos mais tarde é que fui saber do seu passado, da sua coragem na guerrilha, dos anos terríveis em Varsóvia. Mas todos os poloneses que conheci pareciam ter mesmo uma vida secreta, silenciosa e guardada a sete chaves... Como um tesouro. Ou uma ferida.

Com os homens fora de casa, a chance de um castigo por sair da cama no meio da noite era bastante improvável. Assim, eu me ocupava em remexer a pilha de coisas do meu pai, sempre tomando cuidado para manter a ordem. Buscava pregos e um martelo, pois não conseguia dormir obcecado pela ideia de que precisava construir uma casa na árvore aproveitando dois pinheiros robustos do terreno ao lado e uma pilha de tábuas que encontrara na garagem — precisava, mais do que tudo, de um lugar onde pudesse eventualmente fugir aos olhos de Lylia.

Por causa da semiescuridão, eu derrubei um vidro de anzóis no chão de madeira. Os anzóis rolaram como insetos metálicos, afoitos para saírem da sua prisão. Eu os recolhi como pude, mas alguns foram parar debaixo das pilhas de objetos, e era impossível resgatá-los.

Lá fora, ainda ventava. Eu podia ouvir o palmilhar do vento nas telhas sobre a minha cabeça, e sentia pequenos sopros de ar frio que entravam pelas frestas de barro do telhado sem forro.

O vento sempre serenava depois das onze. As madrugadas eram muito quietas, quase melancólicas... Mas, naquela noite, como eu, o vento parecia não querer dormir. Zunia, raivoso, lambendo a casa e levando a areia para além, para muito além de qualquer fronteira que eu pudesse imaginar. Pensei no pai e em Joséf Getka caminhando pela praia deserta, sob o olhar distraído das estrelas. Às vezes, os dois homens me convidavam. Houvera uma noite, ainda no último verão, em que eu fora chamado a acompanhá-los, e andara pela areia fria em silêncio, num contentamento mudo, enquanto Joséf Getka contava que, numa noite como aquela, era possível avistar de mil a mil e quinhentas estrelas no céu, caso nós estivéssemos longe das grandes cidades com suas desalmadas luzes artificiais. Andamos muito naquela noite. Ficara gravado na minha alma o incrível brilho prateado que pontilhava o negrume do céu à beira-mar, como uma espécie de purpurina espalhada ao acaso. No meio do caminho, *pan* Getka levantara o braço e me mostrara as Três Marias, explicando que elas nada mais eram do que o cinturão da constelação de Órion, o caçador.

Eu podia lembrar o nome das três estrelas sem esforço: Mintaka, Almilan e Alnitaka. Senti uma súbita vontade de estar lá fora, com o pai e com Jósef Getka, o vento lambendo a minha cara, e aquele perfume salgado de mar entrando nos meus pulmões... Não fora convidado, porém — aquela era a primeira noite do verão, e os dois deveriam ter muitos assuntos para pôr em dia.

Se a mãe me encontrasse naquele sótão, decerto eu não seria convidado também nas noites seguintes, de modo que rearrumei os anzóis que logrei resgatar, e guardei tudo com o máximo de organização possível.

De fato, eu era um menino solitário numa casa cheia de mulheres. Sempre fui cercado por elas, ao longo de toda vida, mas nada disso serviu-me para compreendê-las melhor... Nem mesmo Marysia, a quem, naqueles anos, eu parecia entender perfeitamente, escapou do abismo que me separa das fêmeas da minha espécie. Naquele tempo, eu ainda não era grande o suficiente para ser tratado como um igual pelos dois homens adultos, nem gostava de ficar com as irmãs e com Olenka.

Havia Lylia, é claro...

Mas também havia aquela angústia crescente, latejando no meu peito. Eu devia estar precisando muito daquela casa na árvore... Já tinha feito uns esboços, que tencionava mostrar ao pai na manhã seguinte.

Enfiei uma caixinha de pregos no bolso da calça do pijama, escolhi um dos martelos que o velho guardava num engradado de madeira, e abri a portinha do sótão sem fazer barulho. Com um único sopro, apaguei a vela. O contorno das coisas ao meu redor desapareceu subitamente, e o cheiro adocicado e podre que os meses do inverno haviam trancafiado ali pareceu crescer e elevar-se como uma coisa viva, o verdadeiro dono daquele lugar, daquela casa toda, até da praia que se estendia, infinita, na escuridão lá fora.

Desci as escadas com extremo cuidado. Talvez Jan já estivesse de volta da sua caminhada, e um castigo do velho era vinte vezes pior do que a mais grave das punições de Halina.

Vozes vêm da cozinha. A caminho do meu quarto, eu paro por um instante, encostado à parede do corredor, temendo ser descoberto àquela hora com martelo e pregos, coisas das quais só posso dispor com a autorização de um adulto. Mas a minha presença não parece afetar o suave fluxo das palavras. De pés descalços, usando meu pijama de listras, eu me encosto mais à parede. O martelo pesa no bolso da minha calça folgada. Eu quero ouvir essas vozes, quero compreender o que elas dizem.

Até mesmo esse menino que eu fui, encostado à sombra do corredor, agora me parece um mistério...

Aos 10 anos, eu tinha pouquíssimos segredos, mas aquelas vozes que confabulavam no meio da noite me intrigaram. É fácil farejar o proibido. E lá estou eu, escondido, com os pelos dos braços arrepiados de curiosidade.

O que fazem duas mulheres adultas, duas *mães*, cochichando na cozinha tão tarde da noite? Do meu lugar, posso adivinhar os vultos de Halina e de Danya Getka, ambas sentadas à mesa, as cadeiras coladas uma à outra. Elas falam baixo, ou melhor, sussurram. E o vento lá fora, arranhando as paredes da casa, parece dar uma qualidade especial às suas vozes. Mais claras, quase etéreas, as palavras chegam até mim num límpido farfalhar. Como borboletas fugindo da escuridão noturna, elas pousam ao alcançar o corredor onde estou.

Com um pouco de vergonha, pois eu fora ensinado a não ouvir atrás das portas (e embora não houvesse nenhuma porta ali, eu podia definir meu comportamento como absolutamente inadequado), deixo-me ficar. Sob meus pés descalços, o piso de madeira parece a pele ressecada de um velho, como o rosto da avó, que a máma sempre me obrigava a beijar quando ela vinha de visita.

A voz de Halina é tão volátil como o vento que sacode os pinheiros lá fora.

— Quer um chá, kochana? — escuto-a perguntar.

— Oh, não, obrigada... — responde a Sra. Getka num fiapo de voz. — Eu seria incapaz de ingerir alguma coisa.

E então sua voz parece tremer por um instante, alçando-se numa queixa incompreensível, uma espécie de gemido infantil, e se desfaz subitamente num choro contido. Eu não me lembro de ter visto algum dia uma mulher adulta chorar, e sinto medo, mas ainda assim sou incapaz de ir para o meu quarto. Alguma coisa me prende ali, um misto de coragem e covardia.

— Ora, não chore, kochana... — ouço minha mãe dizer docemente, como quem fala com uma criança assustada demais. — Foi só um sonho. Tudo isso já passou.

Faz-se um longo silêncio.

Parece que a Sra. Getka está meditando sobre o que disse Halina. Afinal de contas, um sonho não pode ser tão mau assim.

Finalmente Danya Getka diz:

— O mesmo sonho, todas as noites, Annia... A *Umschlagplatz*... Há 25 anos que eu ouço o barulho daquele trem nos meus ouvidos. Nunca mais vi minha irmã.

Meu coração bate dentro do meu peito como um tambor. *Bum-bum-bum.* Nunca mais é muito tempo, eu penso.

O que estará fazendo a máma lá na sua cadeira no meio da cozinha? Eu posso pressentir os seus gestos, porque quando me machuco ou estou triste, ela se achega a mim, seus olhos fitos nos meus, tocando-me com aquela sua mão morna e um pouco áspera de sabão. Ah, como é bom... Imagino então que Halina está acarinhando o rosto da Sra. Getka, e que esse gesto afasta dela todas as tristezas, como ocorre comigo.

E então ouço minha mãe dizer:

— Duas crianças, mój Boze... É muito triste mesmo.

A senhora Getka emite uns ruídos, pequenos arrulhos, e funga alto. Eu já estou cansado e com um pouco de frio, mas não consigo me afastar desse diálogo curioso. Então escuto a mãe remexendo numa gaveta, e o barulho de um fósforo sendo riscado, *shiss*, como uma estrela cadente caindo bem no meio da cozinha silenciosa. Como uma estrela daquelas sobre as quais Jósef Getka gosta tanto de falar.

— Vou mesmo fazer um chá — Halina diz. E depois pergunta: — E as meninas, Olenka e Lylia? Elas sabem? Dos seus pesadelos, quero dizer...

Danya Getka deixa escapar um risinho triste.

— Ah, eu enfio a cabeça no travesseiro e choro. Elas não ouvem nada. Nem Jósef... Você sabe, Annia, eles não gostam de falar disso.

Uma cadeira arrasta-se na cozinha. Eu posso adivinhar que a mãe voltou ao seu lugar, e que agora acalenta Danya Getka, aquela menina grande e frágil, entre seus braços macios. O seu cheiro de talco, a leveza dos dedos da máma nos cabelos... Sinto vontade de ser acarinhado por ela também.

Naquele tempo, eu ainda não sabia da doença de Halina, aquele mal insidioso que a vinha minando por dentro. Talvez nem ela soubesse direito. Alguns anos depois, aquela cozinha não teria mais o cheiro dos bolinhos dela, nem a sua quentura, nem o chá fervendo sobre o fogão. Mas nessa noite que eu recordo, tudo isso ainda está pairando em outra dimensão, como uma imensa faca prestes a cair sobre as nossas cabeças. Minha mãe ainda é essa mulher doce, um pouco gordinha. E Danya Getka é a sua melhor amiga, sua única amiga.

Então a caixinha de pregos cai do meu bolso, e seu conteúdo espalha-se pelo chão de tábua, e tilinta, *plimplimplum*, como uma campainha no silêncio da casa sonolenta.

Um segundo depois, a mãe já está ao meu lado. Toda aquela sua imensa beleza clara e perfumada enfiada num roupão azul, as mãos na cintura, os olhos verdes exibindo um brilho apagado de mágoa.

— Andrzej, que feio.

A voz dela parece-me verdadeiramente desalentada. Sinto vergonha do desgosto que lhe causei.

Então olho os braços roliços que há pouco abrigaram o medo da Sra. Getka, e quero enfiar-me entre eles. Mas para mim não há abraços agora.

Halina toma a minha mão com firmeza.

— Vá para sua cama, mój syn. E agradeça que Jan não está em casa, senão você tomava uma surra.

Eu não ouso responder. Quero pedir-lhe perdão, mas a voz não sai da minha garganta, e eu sei que, parada no centro da cozinha, Danya Getka também me fita, estupefacta. Eu agora conheço seu segredo: esse estranho medo de trens. E também seus pesadelos, embora não possa atinar numa lógica que junte tudo isso.

Recolho os pregos como posso e atravesso o corredor no rumo do quarto. Antes de fechar a porta, ainda posso ver a Sra. Getka outra vez sentada à mesa da cozinha, retorcendo as mãos brancas, os olhos perdidos no nada. Talvez esteja apenas vendo seu trem invisível partir... Há uma grande tristeza nesse seu rosto frágil, nos cabelos desgrenhados pelo sono interrompido. Me sinto um pouco incomodado por ver a mãe de Lylia desse jeito, malcomposta e triste, com sua tatuagem exposta à luz amarelada da lâmpada, mas não há nada a ser feito.

Fecho a porta do quarto. No escuro, perto de mim, Marysia ronca serenamente, deitada na sua cama sob a coberta florida. Mesmo no sono, ela parece rir de mim. Não consigo nem cometer uma falta sem ser pego pelos adultos.

Enfio-me sob as cobertas, sentindo-lhes o leve cheiro de coisas guardadas, aquele olor a mofo misturado com o alecrim que a mãe espalha pelos armários da casa no último dia das férias de verão.

O vento sopra lá fora. Fecho meus olhos, procurando o sono. Antes de dormir, repito várias vezes aquela palavra estranha pronunciada pela Sra. Getka, e que ficou dançando dentro da minha cabeça:

— *Umschlagplatz.*

Umschlagplatz. Umschlagplatz. Umschlagplatz. Umschlagplaz. Umschlagpla. Chlagp. Lagplat. Umsch. Um.

Enfim, houve aquela manhã em que Isabela chegou da rua com um aspecto diferente. Não tinha mudado nem a cor nem o corte dos cabelos, e usava as mesmas roupas de ginástica com as quais saía todos os dias. Ela era muito pontual com seus exercícios, e muito sensata também. Comia pouco, e quando comia muito, em alguma festa ou jantar especial, eu podia controlar o relógio na manhã seguinte: seu atraso era proporcional ao estrago cometido à mesa. Era óbvia a relação minutos/calorias, mas Isabela não gostava das minhas brincadeiras a esse respeito — ela era muito obstinada quando o assunto era sua própria aparência, e não posso negar que seus esforços valiam a pena.

É bem verdade que por algum tempo corremos juntos numa praça perto de casa. Mas depois eu deixei de correr para poder escrever mais, e quando deixei de escrever, passando manhãs inteiras a mirar a tela branca do meu computador, bem, eu não contei isso para ela. Apenas ficava ali, tomando meu café até que ficasse gelado, desfiando meus pensamentos com a paciência de uma velha cardadeira.

Depois que Isabela saía para seus exercícios, eu lia os jornais. Mas quando ela voltava, duas horas mais tarde, suada e satisfeita, eu já estava de volta ao meu exílio na mesa do escritório, e geralmente tinha escrito uma dúzia de palavras, na maior parte das vezes, trechos de músicas que eu gostava e que tocavam no rádio, ou pedaços perdidos das velhas canções polonesas de Jan que ficaram na minha cabeça como pegadas numa praia deserta.

Isabela, naquela manhã, entrou no escritório e parou a dois passos de mim. Ela estava às minhas costas, e o calor do seu corpo alcançou-me subitamente, como se alguém tivesse aberto a porta de um forno aceso. Eu me virei sorrindo, sem apagar o trecho da velha letra que eu tamborilava no meu Mac. Isabela não era uma criatura curiosa, muito menos a meu respeito, e seus olhos azuis, com efeito, passaram longe da tela do meu computador.

— Chegou cedo hoje — eu disse ao vê-la com seu conjunto amarelo úmido de suor, a pele bronzeada, os longos cabelos presos num rabo de cavalo.

Mas o que me chamou a atenção foram seus olhos. Como luziam. Ardiam até, encravados naquele rosto bonito, alimentado por cremes Lancôme.

— Preciso falar com você — ela retrucou numa voz contida.

Se eu estivesse descrevendo essa cena nos primeiros tempos do nosso casamento, plantaria exatamente aqui um beijo. Era assim que vivíamos antes, e eu gostava de deitar-me com ela no sofá do escritório e beijar seu corpo suado e cheirando a sol, e tudo isso era mais do que um bom motivo para que eu deixasse o meu trabalho de lado. Mas não, nos últimos tempos essas coisas aconteciam muito raramente, e só no escuro do quarto.

— Preciso falar com você, Andrzej — ela repetiu, e sua voz tremeu um pouco ao pronunciar as consoantes do meu nome.

— Pois fale — respondi.

E ela falou. Falou que havia chegado a hora.

— Hora de quê? — perguntei.

E Isabela retrucou, roendo as unhas feitas, hora de partir. Fazia muitos meses que ela vinha remoendo essa ideia, buscando coragem para virar a página, fazer as malas e ir para a plateia de algum outro escritor midiático, onde pudesse fazer perguntas sobre o principal personagem do seu último romance. Mas isso sou eu quem está acrescentando.

O nosso casamento andava triste, é verdade. Mas eu não queria que Isabela partisse. Acordava muitas vezes durante a noite e ficava ouvindo seu sereno respirar, sussurrante e ritmado como as ondas do mar lambendo a areia de uma enseada qualquer. Eu queria tocá-la, beijá-la, dizer-lhe que a amava, que estava com um lapso extraordinário nas minhas ideias criativas, que não escrevia uma página havia meses, que sonhava com Halina fritando bolinhos na nossa velha cozinha naquela casa azul. Eu queria dizer-lhe tudo isso, qualquer coisa.

Mas ficava em silêncio. Um silêncio duro, pesado e hermético, muito parecido com os silêncios de Jan. Porém, enquanto os hiatos do meu velho pai deveriam ser povoados de sangue e corpos mutilados como os silêncios de qualquer traumatizado veterano de guerra, eu ficava ali, naquela brancura asséptica, dentro do meu apartamento com vista para o parque, deitado numa cama limpa, sem um trauma decente ao qual me agarrar. Sozinho, simplesmente sozinho, numa solidão tremenda.

E muitas noites se passaram até que chegou aquela manhã. Mas, juro, pareceu-me súbito. Ela ali, com aqueles olhos. Suando na minha frente o resto das calorias perdidas na academia da rua de trás.

— Acho que vou para Buenos Aires por uns tempos — ela disse, por fim. — Para a casa da minha prima Ivone. Ela me convidou a passar esse outono com ela.

Isabela tinha parentes em vários locais do mundo, e eles surgiam assim, sem preâmbulos, como no texto de um romancista ruim, ou como surgiam os coelhos da cartola de um desses mágicos fajutos de festas infantis.

— Sua prima Ivone — eu repeti.

Ela sorriu sem jeito.

— Isso não é o importante, Andrzej... Você entendeu, sobre o nosso casamento?

Eu havia entendido perfeitamente bem.

Um fim é um fim é um fim, todo mundo sabe disso. Até mesmo eu, Isabela, até mesmo eu soubera disso ainda na noite anterior, quando acordara ao seu lado na cama, minha mão parada no ar, sem coragem de pousar nos seus cabelos. E você não dormia, eu tinha certeza. As ondas do seu sono sem remorsos não lambiam a areia da minha praia deserta.

Você não dormia, Isabela. Mas permaneceu rígida, de olhos fechados durante todo o tempo que a minha mão sobrevoou a sua cabeça. Como um país em alerta vermelho. Esperando, sem respirar, que ela saísse do seu espaço aéreo.

Sim, eu havia entendido muito bem.

Na manhã seguinte àquele incidente na cozinha com a mãe e a Sra. Getka, os pinheiros tiveram um pouco de paz, pois o vento finalmente cessara. O céu era azul, num daqueles dias que evocam otimismo até nas pessoas mais desencantadas com a vida. Mas, para nós, aquele era mesmo um dia especial. Iríamos todos à praia, e Halina e Danya Getka, ambas num humor bem diferente daquele da noite anterior, haviam preparado comida e refrescos e acomodado tudo em grandes cestas de piquenique cobertas com guardanapos coloridos.

Embora eu tivesse passado maus momentos na cama, pensando nos castigos aos quais Jan haveria de me submeter no dia seguinte, Halina não contara-lhe sobre a minha desobediência. Naquela manhã azul, a única lembrança da minha travessura foi seu abraço um pouco magoado, mas também cheio de fidelidade. Ah, como eu a amava...

Não sei se todas as crianças do mundo amaram assim suas mães. É bem verdade que, no começo, existe um amor incondicional, mais do que amor, uma necessidade física entre o bebê e sua progenitora. Porém, as crianças crescem, e a maioria dos pais parece se tornar um estorvo para elas, às vezes até mesmo um motivo de vergonha. Isso não aconteceu comigo e com Halina, mas talvez ela tenha apenas morrido cedo demais, ou quem sabe eu pressentisse o seu destino como uma sombra atrás daqueles seus serenos olhos claros... De qualquer modo, era dia de piquenique na praia, e até Irenka e Olenka haviam deixado de lado o seu eterno ar blasé, parecendo efetivamente felizes dentro dos seus maiôs colantes, falando e rindo alto pelo caminho.

Seguimos para a praia juntos, num grande grupo animado. As crianças iam à frente, com Marysia puxando a fila numa esfuziante correria; as moças iam no meio, os adultos eram os últimos, e carregavam cestas, cadeiras, guarda-sóis e a grande toalha de piquenique. O pai cantava uma velha canção polonesa dessas que hoje preenchem os meus vazios criativos, e até mesmo Danya Getka lhe fazia coro. A máma só cantava os refrões, e Jósef Getka andava distraidamente entre os três, como se a sua presença fosse apenas uma coisa física, e sua alma andasse a léguas dali. Ele disfarçava olhando o céu, talvez em busca do rastro de alguma constelação que a luz do dia ainda não apagara.

Dois guarda-sóis fincados na areia como bandeiras orgulhosas encravadas em território inimigo. Fazíamos parte do contingente, e a família que se acomodara a uns vinte metros do nosso acampamento era nazista. Eu podia ver aqueles olhos malévolos, os olhos do pai que comia uma maçã, fingindo ver o mar enquanto matutava planos terríveis. Perto dele, do homenzinho baixo com uma barriga avantajada e aqueles olhos cinzentos, uma mulher loira e roliça descascava bananas para duas meninas. Aparentemente, eram uma família como qualquer outra. Cadeiras, um guarda-sol, uma cesta com comida, um velho livro de capa desbotada, gorduras e peles pálidas sobrando das roupas de banho. Gente em férias naquela praia pequena, tão pouco glamourosa como qualquer outra praia desse canto do país.

Mas havia mais.

Desde que eu chegara, alguma coisa naquele homem chamara minha atenção. Ele era inquieto e antipático, ralhava com as meninas. E se parecia muito com uma fotografia que eu vira entre as coisas de Jan. Era o retrato de um dos líderes nazistas que fora julgado em Nuremberg. Sim, eu conhecia a história dos julgamentos em Nuremberg...

Numa noite qualquer, depois de dois ou três doses de vodca, meu pai esquecera sobre a mesa onde eu costumava fazer meus deveres uma velha pasta de papel pardo. Embora Halina me tivesse ensinado a não mexer nas coisas alheias, a curiosidade venceu-me. Quando encontrei aquela pasta com o nome do pai subscrito numa letra miúda entre meus cadernos escolares, em vez de terminar as contas de aritmética, li a maioria dos velhos recortes de jornais e revistas que o velho guardava ali dentro. Eles falavam sobre os nazistas, o extermínio em massa de judeus, os campos de concentração com seus fornos crematórios, e o posterior julgamento dos chefes do Terceiro Reich em Nuremberg. Havia também fotografias da Polônia e de gente que eu não conhecia, e algumas cartas escritas em polonês.

Quando me pegava bisbilhotando panelas no fogão, Eva ralhava comigo. A curiosidade matou o gato, ela dizia, puxando delicadamente a minha orelha. Naquela noite, depois de ler o conteúdo da pasta de recortes de Jan, eu fiquei muito chocado. Um menino de 9 anos, e todas aquelas cifras, as fotografias dos cadáveres, as famosas pilhas de sapatos no gramado cheio de neve. Uma elaborada documentação que o velho organizara talvez para *não esquecer*... A curiosidade, enfim, soubera agir de forma insidiosa. Eu era um gato novo, malsaído do cesto, e deparava-me com os mistérios das esquinas escuras e dos bueiros mais pútridos.

Não contei a ninguém sobre a pasta e seus recortes, mas esse segredo pesou-me na alma durante muito tempo. Tive pesadelos, perdi a fome, e Halina cogitou que eu estivesse doente.

Eu não podia contar à mãe o motivo dos meus terrores: saberia ela que tais coisas haviam acontecido no mundo? A doce Halina seria capaz de viver e sorrir se Jan lhe tivesse mostrado aquela pasta com seu tenebroso conteúdo?

Não, eu jamais falei com Halina sobre aquilo, nem com Jan. Mas as súbitas tristezas do velho, os surtos de raiva que o faziam gritar conosco por motivos bobos, tudo se explicava. Jan estivera na guerra, ele *vira* aquelas coisas.

Naquele dia na praia, ao deparar-me com o homem e seus olhos cinzentos, o gato dentro de mim se eriçou. De repente, sentado ali na areia morna, sob o céu daquela manhã luminosa de janeiro, os recortes da velha pasta de Jan dançaram perante meus olhos. Eu tinha certeza, aquele homem era um nazista, um nazista fugido da Europa.

Eu ouvira, certa vez, o pai comentar com *pan* Getka algo sobre os nazistas que haviam escapado. *Os ratos menores...* Os ratos menores haviam conseguido escapar, ele dissera. Com nomes falsos, eles tomaram navios e vieram para a América do Sul.

Alheio aos meus pensamentos, o misterioso vizinho mordiscava sua maçã. Suas duas meninas haviam terminado de comer, e corriam de um lado para o outro, brincando de pega-pega. Eu sequer as olhava, estava matutando um jeito de vigiar de perto aquele homem... Por causa da Sra. Getka. A Sra. Getka já tinha sofrido muito na vida, era o que minha mãe dizia. E eu estava decidido a poupar a mãe de Lylia de novos problemas.

A poucos metros de mim, Jan e Jósef Getka pareciam não perceber nada. Ocupavam-se em abrir as cadeiras para as esposas, e riam, felizes e descansados. Enquanto isso, o homem perto de nós terminou sua maçã e, avançando em direção ao mar, chutou uma concha e ficou resmungando numa língua esquisita.

Umschlagplatz, eu pude ouvi-lo dizer.

Senti vontade de tomar minha pistola invisível e correr até ele, corajoso como o mais corajoso dos soldados americanos, distribuindo barras de chocolate Hershey's para quem cruzasse o meu caminho.

Mas a mão do pai no meu ombro interrompeu meu plano de ação. Jan já havia terminado suas tarefas com Jósef Getka.

— Em que você está pensando, mój syn? Está parado aí, olhando o nada...

Dei de ombros, disfarçando.

Era preciso ter cuidado ao tocar nesses assuntos com o velho. Ele podia, quando tinha vontade, contar-nos daqueles dias de guerra. Mas não devíamos perguntar nada. Nunca. Halina me alertara várias vezes. Traumas, ela dizia. *Traumas de guerra*. Sonhos ruins nos quais gente morta voltava à vida, e o terror fazia encharcar lençóis e pijamas.

Então me calei. Não, não era dia para traumas de guerra. O homem da maçã não perdia por esperar... Afinal, tínhamos um verão inteiro pela frente.

— Vamos tomar um banho de mar, táta? — perguntei.

Jan riu, mostrando seus dentes fortes. A poucos metros de nós, como um animal de estimação, o mar resmungava pela nossa companhia.

— Espere um minuto, Andrejz. Vou tirar a camisa e o chapéu.

Ali perto, Irenka e Olenka tomavam sol como dois lagartos preguiçosos. Eva volejava ao redor delas, atarefada com o almoço, descascando ovos e laranjas conforme os pedidos da mãe. Onde estaria minha doce Lylia? Certamente desobedecera alguma ordem paterna e ganhara um castigo. Ainda no caminho até a praia, eu vira Jósef Getka descer de alguma constelação imaginária para chamar a atenção da filha mais nova, que respondera de modo áspero a uma pergunta da Sra. Getka.

Então a vi, sob o guarda-sol mais afastado, sentada numa cadeira com a cara emburrada e as pernas cruzadas. Silenciosas lágrimas rolavam dos olhos de Lylia, e me senti tentado a consolá-la. Mas, na frente dos outros, eu não tinha coragem.

Cedi aos empurrões bem-humorados do pai, e antes do banho de mar começamos uma disputa, rolando na areia, engalfinhados numa espécie de luta livre cujo desenlace era acompanhado com grave expectativa por Marysia.

Num movimento brusco, o pai atirou-se sobre mim. Seus braços não tiveram dificuldade em conter meus tímidos avanços de menino. Jan era um homem robusto e de tez bronzeada, herança dos antepassados da Galícia. Muito confiante de si, e com aquela voz de trovão, ele ria alto e replicava, "vamos, reaja, Andrzej, reaja!".

Eu não queria que o velho me vencesse tão facilmente, pois Lylia estava por perto. Mas não havia como vencê-lo de modo justo, então livrei uma das minhas mãos do seu abraço de urso e fiz-lhe cócegas.

Jan soltou-se com um grito rouco:

— Golpe baixo! Golpe baixo!

— Eu vi, táta! — bradou Marysia, do seu lugar. — Cócega não vale!

Eu corri em direção ao mar. Um vento morno acarinhou meu rosto, lambendo meus cabelos com seu hálito salgado, e Jan ia no meu encalço, às gargalhadas. Marysia ficou pulando na areia, torcendo pela vitória do pai como se estivesse num estádio lotado de gente, assistindo a uma grande final.

Corri com rapidez, pois intuía que Lylia observava-me, e queria mostrar-lhe o quanto eu também podia ser ágil e corajoso. Então, dei um pequeno pulo no ar azul, e joguei-me na água, atirando meu corpo contra as ondas que espumavam.

Atrás de mim, Jan gritou:

— Vamos apostar quem mergulha mais fundo, mój syn — e jogou-se na água também, provocando uma pequena hecatombe de respingos.

Pouco depois, estávamos os dois batendo braços e pernas já a alguns metros da areia. Uma gaivota passou por nós, lá em cima, olhando-nos sem grande interesse. O céu cintilava preguiçosamente. Mergulhei, agarrando-me às pernas de Jan, que me alçou para fora da água com uma risada alegre.

— Você está nadando muito bem, mój syn. Aliás, você nada melhor do que luta.

— Dziekuje! — gritei.

Eu sabia agradecer em polonês, e sabia mais algumas palavras naquele idioma tão caro ao meu pai. Ele ficava orgulhoso sempre que um de nós dizia qualquer coisa na sua língua natal.

Permanecemos algum tempo na água, e quase me esqueci de Lylia.

Lá longe, Halina e Danya Getka estendiam a toalha sobre a areia, enquanto Eva desembrulhava os últimos pacotes de comida. Numa espreguiçadeira, sob o guarda-sol, Jósef Getka lia um livro grosso, esquecido de liberar a filha do seu castigo. Marysia e Vera catavam conchas, guardando-as num balde.

Aqui e ali, outras famílias também aproveitavam o dia bonito à beira-mar, e o alvoroço das suas risadas rompia a quietude azul da manhã. Havia no ar uma qualidade diáfana, um silêncio satisfeito, amortecido pela areia. As palavras pareciam bater asas e subir para o céu sem qualquer pressa. Era como se o vento da noite anterior tivesse levado para muito longe as angústias e sofrimentos que pudessem flanar por ali.

Impossível dizer que, ainda na noite anterior, Danya Getka chorara aquele misterioso pranto. Aquela tristeza incompreensível. Mas eu sabia que havia algo por trás daquilo tudo... Às vezes, também o pai passava horas e horas quieto, com um jornal aberto no colo, sem ler uma notícia que fosse. Olhava para dentro dele, caindo em abismos insondáveis. A guerra...

Nesses dias de desgosto paterno, todos lá em casa andavam na ponta dos pés. A mágoa de Jan era também uma espécie de ira: acabavam-se os sorrisos, a voz macia dizendo "mój syn isso, e mój syn aquilo". O velho ralhava conosco, perdendo a paciência por coisas tolas, e distribuindo tapas nos mais afoitos, os olhos vermelhos vagando de lá para cá, insones por causa das madrugadas de pesadelos, as grandes mãos, riscadas de veias, impacientes como dois predadores famintos.

Mas não naquele dia.

Sob o azul do céu de verão, Jan apresentava-se na sua melhor forma, mergulhava entre as ondas e dava pulos elegantes naquela massa de água sem cor definida, quase parda.

Depois de boiar por algum tempo naquela água gelada, senti minhas pernas enrijecidas e tentei nadar até perto do pai. Tive que fazer um enorme esforço para alcançá-lo, e mesmo assim não obtive sucesso, pois ele varava as ondas com seus braços fortes num movimento ritmado e elegante. Enfim, Jan veio para a beira e parou, esperando-me. Juntei-me a ele com orgulho. Aquele era o meu pai. Dentre tantos outros pais mais fracos, gordos, doentes do coração, mancos, pobres, desiludidos, aquele era o *meu* pai. Dava gosto de vê-lo, com água pelo peito, ignorando as ondas com sua espuma pardacenta, sorrindo para mim, a pele bronzeada e aquele jeito voluntarioso de olhar. Imaginei-o matando soldados inimigos no campo de batalha com a mesma energia com a qual vencia as ondas. Imitei-o, nadando vigorosamente até finalmente alcançá-lo. Eu também era um soldado perdido nas praias da Normandia. Ergui meu braço, dando tiros invisíveis para o ar, e gritei:

— Morra, morra, szwab! Seu maldito soldado de Hitler!

Guardei a minha Stein imaginária. Tive vontade de perguntar: táta, quantos szwaby o senhor matou naquela guerra? Mas não perguntei-lhe coisa alguma. Mergulhei fundo, deixando o pai à tona com um sorriso estranho no rosto.

Vimos a mão de Eva sacudindo-se no ar. Era o sinal de que a comida estava pronta, e então Jan e eu saímos da água. Ele caminhava com rapidez, mas eu ia me arrastando. Sentia frio e fome, e a brisa arrepiava a minha pele.

Na areia, cruzei com uma das meninas daquela família. Resolvi examiná-la, e parei perto dela fingindo que colhia algumas conchas. Era uma garotinha de uns 5 anos, magriça e sem alegria. Tinha olhos de um azul opaco, e os cabelos compridos desciam-lhe até os ombros, lisos, finos e desbotados. Ela cavava a areia pensativamente, enquanto as ondas lambiam seus pés brancos.

Andei por ali alguns minutos, esperando ver o pai da menina, o velho nazista que tanto me impressionara. Aqueles olhos... O sorrisinho cruel. Ocorreu-me que Lylia haveria de odiá-lo como eu. Sim, eu deveria mesmo contar a ela aquele segredo, e juntos acabaríamos com aquele fugitivo da lei, aquela excrescência que, disfarçada de pai de família, estava vivendo entre nós, manchando a graça azulada do nosso verão.

Nesse momento, a voz de Halina se espalhou pela praia. Ela me chamava para a comida.

— Venha, meu filho. Só falta você.

Ergui meus olhos, e vi a toalha aberta, cintilando sob o sol. Pratos de comida, uma cesta com frutas, os risos das minhas irmãs e, num canto, ainda amuada, a beleza macia de Lylia, como uma flor num vaso, e suas mãos que se ocupavam em descascar distraidamente um ovo cozido.

Saí correndo pela areia, desinteressado da menininha loira que cavava buracos.

Lylia e o seu encantamento. A uma determinada distância, ela passava a ter certos poderes sobre mim. E então, quando eu já me aproximava do grupo reunido em torno da toalha, eu podia sentir, numa espécie de queimor, a energia de Lylia agindo sobre meu corpo. Atraindo-me como um ímã.

A mãe sorriu ao me ver.

— Venha, mój syn, sente aqui, perto da máma.

Aproximei-me. Eu tremia um pouco e meus ouvidos zumbiam como se uma parte daquele mar imenso agora estivesse dentro de mim, suas ondas ecoando entre minhas vísceras.

A Sra. Getka ajeitava sanduíches numa travessa amarela. Com seu chapéu de palha e o maiô escuro, ela parecia tão bonita quanto uma artista de cinema. Olenka ajudava-a.

— Você está gelado, Andrzej — disse Halina, e me abraçou. — Ficou muito tempo no mar.

— A água fria faz bem para a circulação — retrucou o pai.

O calor da mãe era um bálsamo, mas senti vergonha. Não parecia natural que ela me abraçasse quando Lylia estava por perto. E Lylia Getka estava ali, a poucos metros, sorrindo disfarçadamente.

Olhei-a, enquanto me esquivava dos carinhos maternos. Lylia era muito mais bonita do que Olenka, cuja testa enorme desequilibrava-lhe as feições. Não, Lylia haveria de superar a graça da mãe... Ela tinha aqueles mesmos traços delicados, mas o verde puro dos seus olhos era mais quente, era quase eufórico. E nada havia nela de triste ou de acanhado. Lylia Getka certamente não tinha pesadelos com estações de trem... E a pele perfeitamente branca do seu braço não guardava os mesmos segredos tatuados que a do braço de Danya Getka.

— Estou morrendo de fome — eu disse.

Danya Getka me passou o prato de sanduíches, enquanto Irena e Olenka começavam a servir a limonada.

E nós comemos e bebemos sob a sombra colorida dos guarda-sóis, ouvindo Jósef Getka fazer uma preleção sobre a Constelação de Órion, o Caçador, naquela praiazinha perdida ao sul do Trópico de Capricórnio, uma faixa de terra sem começo nem fim, larga, plana e monótona, com um mar nervoso e pardacento, mas que era o meu paraíso, o paraíso daquele menino de 10 anos que eu fui um dia, e que hoje vejo, tão nitidamente, com aqueles cabelos cor de trigo, as pernas ágeis, a pele dourada e a alma pura, e pelo qual derramo algumas lágrimas enquanto escrevo este relato.

Aquele menino que eu fui, mais do que tudo, naquele areal onde o meu intrépido pai ergueu sua casa azul.

Naquele dia, Lylia e eu voltamos à praia ao cair da tarde. Queríamos ver a constelação de Órion, o gigante enamorado da própria irmã, Diana, que o matou por engano, induzida pelo ciúme do deus Apolo. Isso contara-nos o Sr. Getka enquanto, ainda naquela manhã, mastigávamos nossos sanduíches de pepino à beira-mar.

Agora Lylia seguia pelo caminhozinho de terra que ia dar numa passagem entre os cômoros. Descalça, ela pisava com cuidado, erguendo os braços com a graça de uma daquelas equilibristas de circo.

Eu ia atrás, levando um balde e meu caniço. Além das estrelas, eu pensava em pescar algum peixe. Então Lylia parou, de repente, e virou-se para mim:

— É bonita a história de Órion, não é, Andrzej?

Eu achei graça. O pobre Órion tinha morrido com uma flecha na cabeça enquanto nadava no mar. Aquilo não me parecia propriamente bonito.

Lylia deu de ombros e suspirou. Ah, a insensibilidade dos homens, ela parecia me dizer, enquanto me olhava e punha as mãozinhas na cintura.

— Pense bem, Andrzej... Órion morreu, mas agora está lá no céu. Centenas e centenas de anos depois. Então ele ainda vive, não é?

— Pois eu prefiro as Três Marias. Minha avó sempre falava delas, sem saber que eram o cinturão de Órion.

Ela fez um muxoxo, olhando-me de alto a baixo, e seguiu seu caminho.

Pude sentir seu desprezo por mim, e aquilo me doeu como uma punhalada. Então apressei o passo, colocando-me ao lado dela. Eu também estava descalço, mas não tinha medo de espinhos nem de cacos de vidro escondidos na areia, e pude alcançá-la facilmente.

— Pois eu tenho uma história melhor do que a de Órion para contar.

— Duvido — disse Lylia.

— Uma história sobre um nazista... — eu sussurrei.

Seguíamos pela vereda ensombreada, e já se podia ouvir o ruído do mar, como se estivéssemos, ambos, na boca de uma concha gigante.

Lylia parou de andar.

Sem dúvida, eu havia pronunciado uma palavra assustadora. E os Getka, cuja história era tão parecida com a nossa, decerto a temiam. Ao olhar nos olhos de Lylia, confirmei essa verdade. Ela estava quieta, o que era raro. E o sol, que lambia seus cabelos loiros, também ressaltara a palidez súbita do seu rosto.

Lylia mordeu os lábios por um momento, depois pediu:

— Pare com isso, Andrzej... Eu não gosto dessas brincadeiras.

— Não é brincadeira nenhuma. Tem um nazista aqui, na praia. Eu o vi hoje, durante o piquenique.

— Como você pode saber? Ele usava aquela roupa? Aquela roupa que os nazistas usavam?

O mar, lá na frente, pareceu ecoar a dúvida de Lylia.

— Não, ele estava com roupas de banho. Mas eu tenho certeza — respondi. — Era um nazista, um daqueles que fugiu do julgamento.

— Que julgamento, Andrzej?

— O de Nuremberg.

E segui andando até a praia em direção a toda aquela água, solenemente, como um advogado que avança até o júri que ele quer convencer, sabendo que Lylia haveria de me seguir até o fim do mundo. Agora eu a havia fisgado.

O maior peixe de todos.

Lylia Getka.

Lylia não tornou a tocar no assunto por uma hora inteira. Do alto de um monte de areia, espreitávamos o céu a leste, como Jósef Getka nos havia ensinado, e Lylia acabara por encontrar a Alfa de Órion, a grande Betelgeuse. Por fim, ela desviou seus olhos do céu e, mirando-me com grande seriedade, disse subitamente:

— Você estava mentindo a respeito daquela história, Andrzej... Do nazista. Essas pessoas não existem mais.

Agora não havia medo nos seus olhos, mas uma certa revolta. Era como se eu tivesse feito alguma coisa de muito errado, e ela me chamasse a atenção, tal qual uma mãe zelosa faria com seu filho pequenino e mal-educado.

Naquele tempo, eu desconhecia a magnitude do pavor que os Getka sentiam do passado. A bela e difusa Sra. Danya tinha aqueles sonhos estranhos... Mas, para mim, estações de trem eram apenas estações de trem e nada mais. Eu sabia sobre os campos de concentração nazistas, as mortes, os trabalhos forçados. Eu até mesmo tinha um tio que ficara seis meses num campo perto de Lublin — esse era um dos muitos segredos que meu pai guardava na pasta. O *porquê* de tudo aquilo era vago, embora eu soubesse apontar as vítimas. Mas eu nunca me perguntara *como* essas pessoas haviam chegado lá.

Eu jamais poderia imaginar que Lylia tinha longos períodos de insônia, e que muitas vezes presenciara a mãe chorar na cama, em meio a pesadelos terríveis, onde nazistas levavam-na de casa para aquela maldita praça no cruzamento das ruas Stawi e Dzika de onde partiam os trens para os campos de concentração, separando-a dos pais e da irmã para sempre. Danya Getka era judia polonesa e estivera num campo por dois longos anos. Sobrevivera por puro milagre à fome, ao trabalho escravo, à câmara de gás e à disenteria. Fora resgatada em 1944 pelos soviéticos que, no avanço rumo a Varsóvia, libertaram o campo de Maydanek, onde, durante a guerra, 60 mil pessoas haviam sido assassinadas.

Lylia sabia que sua mãe quase fora morta pelos nazistas, pois Danya Getka falava em sonhos. E Lylia, curiosa e assustada, passara algumas tardes na biblioteca da escola lendo avidamente o pouco que encontrara sobre o assunto.

Era com essa mesma coragem e ousadia que ela me olhava naquele momento, tentando trazer a vida de volta aos seus parâmetros normais: duas crianças e suas famílias numa praia durante um verão, e nada de assassinos de judeus por ali.

Essas coisas tinham acabado, ela me disse, categoricamente. Mas eu era um menino tolo que imaginava demais.

E retruquei:

— Era um nazista, sim, Lylia. Bem aqui, na areia. Eu o vi hoje cedo.

Como por encanto, apenas para corroborar minhas palavras, o homem de olhos frios do qual eu desconfiara naquela manhã surgiu pelo caminho, o mesmo caminho que eu e Lylia usáramos, havia pouco, para chegar até a praia.

Ele veio pisando leve, e usava um chapéu cinzento, de abas meio caídas, que segurava de quando em quando, protegendo-o do vento que vinha em golfadas. Caminhava com as mãos para trás em direção ao mar, pensativamente, como se ponderasse sobre grandes questões. Era alto e era magro, embora tivesse aquela barriga esquisita, e parecia mesmo cheio de segredos, com aquele chapéu feio que não lhe deixava os olhos à vista.

Senti um arrepio correr pela minha espinha e tomei a mão de Lylia.

— Lá — disse eu, apontando a figura do homem. — Lá está ele. O nazista, Lylia. O mesmo de hoje cedo.

Lylia Getka apertou minha mão com angústia, e eu me senti estranhamente poderoso.

— Oh, Andrzej... Você tem certeza?

— Tenho, Lylia.

Ah, eu era mesmo um menino que confiava demais nos meus próprios delírios... Porém, a minha obstinação pareceu bastar a Lylia Getka, que apertou ainda mais a minha mão na sua, e disse, circunspecta:

— Mój Boze, o que faremos então?

Não tenho certeza dos motivos que me levaram a atribuir àquele pobre homem uma pecha tão grotesca. Hoje, se me esforço por buscá-lo nas brumas da minha memória, apenas posso vislumbrar sua figura quieta, um tanto esquálida apesar do ventre proeminente, usando roupas de qualidade duvidosa. Enfim, um típico imigrante europeu dos países eslavos, pobre, discreto e cheio de sombras do passado.

Necessitei de pouco para criar uma terrível história em torno daquele homem, e assim envolver Lylia Getka numa espécie de conspiração infantil que haveria de nos ocupar durante todo o verão, roubando nossas tardes em especulações sobre o nazista e seus temíveis hábitos, e afogando nossos sonhos em pesadelos cheios de perigo e de medo, que depois contávamos um ao outro em algum desvão da casa, aos sussurros, ou então na praia, sobre os cômoros de areia, muito juntos e temerosos, senão daquela invenção, talvez, da vida.

Mas, lá na areia, o homem seguia alheio aos nossos olhares. Tomava a brisa marinha do entardecer como quem consumia um remédio, abrindo e fechando os braços, numa caricatura de exercício físico. O vento, quando vinha, redemoinhava em torno dele, como um cão simpático em volta do dono. Era um pobre ucraniano que trabalhava na cidade como sapateiro, e tinha alugado uma casinha simples, com apenas dois cômodos, numa viela bem no final da praia, perto de um córrego onde o pai me levava a pescar.

Não sabíamos disso e, por certo, eu não queria saber. Bastavam-me meus sonhos e aquele poder, estranhamente novo, que eu passara a exercer sobre Lylia.

Olhei-a e disse:

— Precisamos acabar com ele.

Ela aquiesceu, circunspecta:

— É, Andrzej, precisamos acabar com ele.

Era uma coisa grandiosa isso. Dizer essas palavras. Então eu pensei melhor e corrigi nossos planos:

— Precisamos fazê-lo sofrer um pouco. Pelo menos um pouco do que ele fez os outros sofrerem.

Os olhos azuis de Lylia brilhavam de medo e de ousadia, quando ela disse:

— Mas a máma não pode saber. Ela não aguentaria.

— Eu sei, Lylia. Não vamos falar nada disso pra ninguém.

— E então, meio sem jeito, sussurrei: — Umschlagplatz.

Esse emaranhado de letras escapou dos meus lábios triunfalmente, como se eu tivesse pronunciado uma palavra mágica.

Silenciosamente, Lylia desviou o rosto.

Fiquei olhando sua pequena orelha bem-desenhada, o perfil afilado do seu nariz um pouco vermelho por causa do sol... O silêncio pairou um momento entre nós, e todas as misteriosas consoantes evaporaram no céu da tardinha.

Não sei, até hoje, se Lylia sabia o significado daquilo... A praça de onde saíam os trens para Auschwitz e Birkenau. Talvez, nos sonhos de Danya Getka...

Mas ali, no alto daquele cômoro, com o vento remexendo seus cabelos loiros, Lylia repetiu:

— Umschlagplatz.

E meu peito se encheu de um orgulho inominável.

Eu assinei os papéis do divórcio com Isabela numa manhã quente de verão. Ao sair do tribunal naquele dia, o sol escaldante refletindo-se nas pedras irregulares do calçamento, o trânsito caótico, as pessoas atarefadas, andando pelas ruas apinhadas, enlouquecidas por essa loucura pré-natalina que a modernidade nos impôs — bem, no meio de toda essa confusão cosmopolita, lembrei-me imediatamente de que, ainda durante a noite, sonhara com Lylia Getka.

Eu era um homem separado, legalmente separado, mas o papel que eu trazia no bolso da camisa, e que garantia aquela situação perante a justiça dos homens (a justiça divina tinha sido sempre uma crença de Halina e Jan, não minha), aquele papel parecia não ter nenhum valor. Uma piada carimbada por órgãos oficiais.

Eu me sentia um transgressor. O velho, com suas normas rígidas e todo aquele papo sobre Deus e não sei mais o quê, deveria estar se remoendo no seu túmulo, coitado. Eu era um homem divorciado depois de poucos anos de um casamento árido. Havia quebrado uma das mais importantes regras do meu pai, para quem um casamento, oficiado perante Deus, era um laço impossível de ser desatado. Na comunidade polonesa onde eu cresci, não havia casais divorciados. Maridos traíam as esposas discretamente, e talvez essas mesmas esposas traíssem seus maridos com uma discrição maior ainda, mas aquilo era para toda a vida — na felicidade ou na desgraça, na saúde ou na doença, como dizem os padres no altar. Enfim, todos os poloneses que conheci, os amigos de olhos claros do velho, com suas vozes tonitruantes e suas línguas que tropeçavam no português, aqueles portentos de fala enrolada e gestos de uma brusca timidez, ou eram solteiros, ou eram casados ou, enfim, eram viúvos. Qualquer coisa fora dessas três opções era completamente rechaçada pela comunidade fervorosamente católica.

Eu era, enfim, um pária. Uma vergonha para a família do velho Jan, e para minhas três irmãs decentemente casadas com filhos de poloneses, que frequentavam a igreja aos domingos, e assavam bolos nas tardes de sexta-feira, bocejando de tédio nas suas cozinhas abafadas. Eu carregava aquele maldito papel no bolso, enquanto atravessava a rua apinhada pensando, tal qual um menino inseguro, no que meu falecido pai haveria de me dizer, caso tivesse oportunidade para tanto. E o pior de tudo é que meu casamento fracassado nem ao menos deixara descendentes... Sim, talvez esse fosse o grande motivo para a ira paterna, aonde quer que o velho Jan se encontrasse naquele momento. Eu era o seu único filho homem, inteiramente responsável por dar prosseguimento ao nome da família em terras brasileiras, e era óbvio que falhara nessa sagrada missão.

Andando pela calçada com suas vitrines luminosas e suas promoções de crédito e parcelamento infinitos, tentando não esbarrar em pessoas cheias de sacolas, em mendigos ou papais noéis de grandes e pequenas lojas de varejo (duas horas antes, eu tinha tomado um táxi da minha casa até o tribunal), pensei que Lylia Getka, pelo menos nesse quesito, havia se saído bem melhor do que eu.

Lylia estava casada havia sete anos, e tinha uma filha que não lhe herdara nem os olhos verdes, nem os cabelos loiros que o vento nordeste gostava de embaraçar naquelas para sempre perdidas tardes de praia. É bem verdade que Lylia nunca foi uma, digamos, esposa-modelo. Nas poucas vezes em que nos encontramos, ela contou-me que não sabia cozinhar nem um ovo, que sua menina passava as tardes numa creche, e que ambas almoçavam num restaurante na esquina de casa sempre que o marido, um representante comercial ou algo do estilo, estava viajando pelo interior. Uma vidinha tola, que eu jamais imaginei que Lylia, aquele ser etéreo para quem eu fantasiei grandes e corajosos feitos, aquela pequena diva do cinema, uma Lolita, uma Shirley Temple polonesa, fosse realmente viver.

Mas havia, ainda assim, uma característica transgressora na minha querida amiga, um quê daquela Lylia original, que cruzava a sala da nossa casa de praia na ponta dos pés, toda a luz do sol brilhando nos seus cabelos platinados e aqueles olhos da cor do céu cheios de promessas que eu não conseguia decifrar... Lylia traía o marido. Evidentemente, não o fazia como um hábito, um exercício rotineiro de violação das normas vigentes. Não, a coisa havia acontecido umas três ou quatro vezes, ela confidenciara-me de olhos fechados, naquela fatídica tarde em que nós dois nos encontramos no motel. Eu estava incluído naquela conta, Lylia garantira. Três ou quatro homens, ela dissera, mas então seus olhos luziram por um momento, e tive certeza de que mentia para mim.

Ah, minha doce Lylia... Talvez você tenha tido homens às dezenas nos seus braços, entre as suas pernas... Talvez tenha sido apenas eu, afora aquele seu marido vendedor de liquidificadores. Nunca hei de saber, principalmente agora, que o irremediável aconteceu. O que sei, e que ninguém jamais há de me fazer desacreditar, é que naquela tarde clandestina, de algum modo arrevesado e incrivelmente inocente, você e eu tenhamos consertado o destino.

Como dois engenheiros, você e eu fizemos uma ponte entre o passado e o presente, minha querida Lylia, e unimos nossos continentes separados por anos e angústias incontáveis.

Foram apenas umas poucas horas...

E tantos anos sonhei com aquele encontro, com tudo o que vivemos ali, naquele sórdido quartinho de aluguel. Mas os grandes momentos da vida não podem ser medidos, Lylia... Não existe termo de comparação, não existe definição para eles. Apenas um segundo, vupt, ou um ano inteiro, o que importa? A felicidade nunca há de ser pesada como se fosse farinha, mensurada como se fosse um pedaço de tábua, guardada como se fosse ouro. Impalpável, é isso o que ela é. É isso o que nós somos, Lylia.

Impalpáveis.

Como aqueles dias mornos sobre os quais agora me debruço.

A ideia do nazista tomou-nos inteiramente. Era como uma espécie de doença que houvesse acometido Lylia e eu.

À noite, eu não conseguia dormir. Rolava na cama, fantasiando cenas horríveis, nas quais aquele homem inocente, que gozava suas férias contando os centavos no único mercadinho onde todos nos abastecíamos, aparecia-me vestido de oficial do III Reich. Ele então amarrava Danya Getka numa cadeira da nossa cozinha, obrigando-a a comer miúdos de frango ou tomar óleo de rícino.

Também Lylia passava os dias assombrada pelo nosso nazista. Na praia, ela vivia de olho na família, que sempre sentava a uns vinte metros do nosso guarda-sol. Ao menor movimento do magro patriarca, sempre solitário e circunspecto com seu ridículo chapéu de abas moles, Lylia corria para perto de Danya Getka, não sei se para proteger-se ou protegê-la. Também não dormia bem à noite, segundo me contou, o que fazia-a ouvir, no meio das madrugadas, aquele chorinho fino que a sua mãe deixava escapar entre os sonhos. Lylia ficava rolando na cama, morrendo de vontade de fazer xixi, sem ter coragem de visitar o banheiro do corredor porque, nos seus delírios noturnos, o nazista rondava nossa casa à espreita do menor movimento.

Depois de uma longa semana de noites insones e de conversas segredadas, de fugas à praia e excursões até a desabitada ruazinha onde ficava a casa que aquele tímido operário havia podido oferecer à sua família; depois de atravessarmos charcos, ganhando dolorosas picadas de enormes mosquitos escuros, apenas para espiarmos o quintal desolado do velho chalé onde a mulher do nosso nazista pendurava suas calcinhas num varal atulhado de lençóis e camisetas brancas; depois de sermos infinitamente questionados por Marysia, que notara nosso estranhamento e nossos segredos, e que estava corroída pelo ciúme e pela curiosidade, Lylia e eu resolvemos, enfim, fazer alguma coisa. Não sabíamos bem o quê, mas precisávamos agir. E logo. Antes que o nosso nazista abandonasse a pasmaceira das suas caminhadas na praia, e viesse acertar as contas conosco.

Resolvemos traçar um plano. Para tanto, juntei alguns trocados e comprei um caderno pautado, onde cada ideia era anotada diligentemente por Lylia e por mim, de modo que pudéssemos analisar todas as possibilidades ao nosso dispor. Não eram muitas, enfim. Lylia e eu felizmente concordamos em não usar facas ou objetos cortantes. Em não invadir a casa do nazista, nem ferir seus filhos.

Obviamente, quando fugíamos da sesta imposta por Halina e pela Sra. Getka, pulando a janela da sala para o pátio, e seguíamos em desabalada correria para o terreno baldio ou para a praia, eu sempre tecia corajosas propostas de repressão. Queria, mais do que tudo, mostrar a Lylia Getka que aquele homem não me impunha medo. Eu sentia-me, então, um super-herói, um daqueles mocinhos americanos dos filmes que eu via com Marysia nas matinês de domingo. Mas, ao abrirmos o caderno, sérios e compenetrados, eu tinha plena convicção de que certas ações eram passíveis de punição, até mesmo para duas crianças como nós. Apesar disso, as ideias proliferavam, ocupando páginas e páginas do caderno que comprei na única livrariazinha da cidade, misto de papelaria e farmácia, onde meu pai costumava comprar o jornal todas as tardes.

Lembro daqueles enormes jornais de poucas páginas que o velho levava à praia... Ele sempre lia as notícias do dia anterior, mas isso, naquele tempo, era desimportante, visto que o mundo andava muito mais lentamente do que hoje. Sentado na sua cadeira de lona, Jan segurava as folhas do seu jornal, numa luta muda contra o vento. Ele lia as notícias em voz alta, e sua língua, acostumada com as duras arestas das palavras polonesas, tropeçava na maciez acolchoada da língua portuguesa, enrolando-se sobre si mesma, enquanto suprimia vogais e acrescentava consoantes, tornando algumas palavras incompreensíveis até mesmo para mim, que crescera com sua fala de imigrante tilintando nos meus ouvidos.

Mas era bom ficar ao lado de Jan durante essas sessões de leitura... Às vezes, o velho resmungava "Mój Boze", pasmo com uma ou outra notícia que o jornal revelava. Mas até mesmo essas suas exclamações, seus chamados para Deus, até mesmo isso era sempre feito numa voz sem esperanças — meu velho pai conhecera demais do mundo, da dureza das gentes e da frieza das suas convicções, e sua crença na redenção dos povos era bastante reduzida.

E eu ali, sob o vento, sentindo o ciciar das folhas do jornal, ouvindo Jan labutar com as frases naquela língua que ele nunca haveria de dominar completamente...

Foi numa dessas sessões de leitura à beira-mar que eu tive a ideia. Aquilo havia sido feito em algum prédio público da capital numa madrugada qualquer daquele janeiro pasmacento... Eu ainda lembro a palavra com a qual o pai lutou por alguns segundos, fatiando-a sem piedade, até que ela escorreu, semimorta, para a areia aos meus pés.

Depredação.

Alguém, em alguma daquelas noites quentes da cidade semiabandonada, havia depredado um prédio público, quebrando suas janelas e pichando, nas paredes, palavras duras contra o governo de extrema-direita que guiava o país com mãos de ferro. Era um protesto ou coisa parecida, e a matéria do jornal contava os detalhes do caso. O pai confundia as palavras, lendo o texto sem afetação nem opinião definida. Embora fosse um homem rígido e correto, conhecia os governos ditatoriais e seus desmandos. Talvez, na Polônia, nos anos do pós-guerra, teria feito coisa parecida ou até mesmo pior, se estivesse sob a cortina de ferro dos soviéticos.

Mas, enfim, isso não vem ao caso agora. Lembro que o pai leu a matéria, depois soltou um suspiro e mudou de página, tristemente. O sol lambia a areia ao meu redor, mas Jan, sentado sob a sombra circular do guarda-sol, parecia imune à sua beleza dourada e aos arrulhos do mar. Ele começava a ler as notícias sociais, mastigando as palavras com esforço, enquanto me contava o resumo de um musical que entrara em cartaz num teatro do centro.

Mas eu pouco prestava-lhe atenção. Na minha mente, ganhava forma o prédio onde haviam impresso tantas palavras duras, impronunciáveis por uma criança. Mais adiante, a máma servia limonada em copos vermelhos, e Eva ajudava Danya Getka com os sanduíches de pepino, e Lylia fazia castelos com Marysia, e Irena, Olenka e Vera tomavam banho de sol sobre suas toalhas coloridas, e Jósef Getka sonhava sabe-se lá com quais estrelas.

Eu finalmente tinha meu plano. Sim, era exatamente isso. Um bom jeito de castigar o velho nazista. E podia ser feito à noite, caso Lylia e eu pudéssemos fugir pela janela. E, enquanto o velho passava para a próxima notícia — a onda de calor na capital gaúcha —, eu me levantei devagarzinho e, com a desculpa de que havia esquecido meu chapéu de praia em casa, corri as duas quadras que separavam a beira-mar do nosso sobrado. Chegando lá, anotei com as mãos trêmulas no meu pequeno caderno pautado:

Depredação.

Era esse o presente que eu finalmente haveria de oferecer a Lylia naquela mesma tarde, quando, fugidos do sono, nos encontraríamos no terreno baldio ao lado da casa, atrás do velho pinheiro amarelo que fora derreado por um raio ainda no último inverno.

Estamos sentados atrás de uma pilha de galhos secos. Lylia, de pernas cruzadas e braços em torno dos joelhos ossudos e morenos, me olha com aquele seu jeito petulante e inquisitor.

Ela ouve minha ideia com um tênue sorrisinho nos lábios, enquanto arranca com as unhas pedaços da casca amarelada e seca do pinheiro morto. Insetos voejam em torno de nós, e as cigarras cantam sua musiquinha monótona no ar pesado da tarde.

Faz muito calor, e todos os adultos dormem sob os postigos baixos da nossa casa azul. Deveríamos estar dormindo também, mas as fugas constantes por conta do nosso segredo afinaram a nossa destreza em desviar dos olhares, das regras, e dos quartos de portas semicerradas. Agora eu consigo escapulir aos vigilantes olhares de Marysia: aprendi direitinho o momento exato em que ela, cansada de me espiar, mergulha no sono a contragosto, a boca levemente entreaberta, emitindo ruidinhos engraçados, como se fosse um esquilo ou algum animal do tipo. É nessa hora que eu escapo, pulando a janela que dá para a varanda, e saio pisando fininho como um fantasma, mais quieto do que o vento da tarde, que faz as folhas cantarem nas árvores quentes de sol, *schii, schaaaá, schii, schaaáá...*

E agora estamos aqui, os dois.

Lylia também fugiu aos seus, que dormem na parte traseira da casa; como eu, ela é uma expert nessas saídas vespertinas.

— Depredar a casa do nazista? — ela me pergunta, falando baixinho, sem entender muito bem.

Eu explico a ela o significado desse verbo tão estranho. Explico-lhe do mesmo modo que o táta falou-me ainda nesse mesmo dia, na praia. *Destruir algo que não nos pertence, espoliar, saquear, pilhar.*

Lylia me olha longamente, apertando entre seus dedos um pedaço de casca ressecada.

— Como piratas... — ela diz, rindo.

— Mas não vamos levar nada, Lylia. Não somos ladrões, e não queremos nada dele. Vamos riscar a casa, escrever palavras... — Eu me empolgo: — Vamos escrever palavras feias, como faziam os nazistas com os judeus...

Os olhos de Lylia se acendem de curiosidade.

— Mas que palavras os nazistas escreviam para os judeus, Andrzej? Eu achei que os nazistas só levavam os judeus embora, para prisões de judeus, como a máma me contou.

— Isso foi depois, Lylia. Antes, os nazistas depredavam as coisas dos judeus.

Eu tinha lido isso em algum lugar, talvez na biblioteca do colégio. Foi com orgulho que, naquela tarde, contei a Lylia sobre os espólios, os roubos, a estrela amarela costurada nas roupas.

— Eles pintavam nas casas a palavra "judeu". Eles pichavam os carros dos judeus, e suas lojas, e suas ruas. E depois levaram tudo embora, os móveis, tudo de valor... Até que um dia levaram os judeus.

Lylia escutava-me de olhos arregalados, perplexa com aquela outra verdade que ela desconhecia. Atrás de nós, o sol ardia na sua fúria das três da tarde. O pinheiro morto secava dia a dia, e eu ouvira Halina dizer que levaria aquela madeira para fazer lenha. Senti pena dele, daquele velho pinheiro caído, vítima de um temporal de inverno, que tantos segredos nossos ouvira e calara.

— Aquele desgraçado! — gritou Lylia, de repente. — Aquele maldito desgraçado!

Eu me assustei com a sua veemência. O desafogo de Lylia subiu alto no céu cintilante, depois murchou, silenciando calmamente.

Eu disse:

— Por isso, vamos depredar a casa dele. Numa noite dessas, com carvão e tinta.

— Mas como vamos conseguir tinta, Andrzej?

— O táta guarda alguns galões lá no sótão. Eu posso pegar um pouco, ele nem vai notar.

E assim traçamos nosso plano. Duas crianças tolas, fantasiosas demais. E os destroços daquele pinheiro que havia sido enorme e vigoroso, agora caído ali no chão, "lenha para o fogo", dissera Halina. Mas tudo na minha mente infantil era exatamente isso, lenha para o fogo.

Ultimamente, tenho sentido dores no peito, mas estou sem coragem de ir ao médico. Depois do que aconteceu com Lylia... A verdade é que sempre fui um homem muito suscetível.

"Covarde", diria Isabela, que nunca teve papas na língua, principalmente quando o assunto em questão era eu. Porém, esse meu medo não se trata de falta de coragem, o problema mesmo é a minha imaginação. De certa forma, essa mania de inventar coisas serve como uma espécie de celeiro para os meus problemas reais... Uma semente cai no terreno úmido da minha alma, e tão logo caia, brota e dá suas primeiras folhas, acalentada pelo calor da criatividade equivocada.

Semana passada, cheguei a marcar uma hora no cardiologista. Evidentemente, faltei à consulta e, depois de um telefonema da secretária do consultório, fiz um depósito pela internet. Eu pagaria duas vezes o valor da consulta apenas para ouvir um "não se preocupe, Andrzej". Mas o fato é que venho me preocupando. E muito.

Lylia nunca teve problemas de saúde, não que eu saiba. Em pequena, era um poço inesgotável de energia, e Danya Getka ufanava-se disso, da saúde indestrutível das suas duas meninas; ela, que tinha vivido dois anos num campo de concentração do qual escapara por milagre, quase morta, com pneumonia e uma anemia cavalar, nunca se imaginara capaz de gerar outro ser humano. Mas gerara aquelas duas meninas incrivelmente saudáveis e, na cabecinha confusa de Danya, aquela saúde toda era fruto da herança genética de seu Jósef. Seu amado Jósef Getka, o homem que a salvara da solidão e da ruína emocional, proporcionando-lhe uma casa e uma família num país relativamente seguro e longe o suficiente, pelo menos em termos geográficos, daquele terrível passado que ela queria, a todo custo, esquecer.

Depois daqueles verões, quando meu pai adoeceu, e Olenka se casou com um jovem judeu paulista, herdeiro de uma cadeia de lojas de varejo feminino, e vendemos a casa de praia, eu vi Lylia poucas vezes. As coisas haviam mudado definitivamente, e ela passava seus verões em algum balneário de São Paulo, na casa incrivelmente grande e espantosamente chique que sua irmã sortuda ganhara junto com seu maridinho judeu.

Eu já estava escrevendo meus primeiros livros, e logo fiz sucesso. Eu viajava muito naquele tempo, e pensava pouco em Lylia. Mas um dia nos encontramos em São Paulo, quando fui a uma feira literária que acontecia num dos grandes centros culturais da capital.

Lylia Getka entrou na sala onde eu era entrevistado com mais dois escritores e, antes que eu pudesse vê-la, a pressenti, porque o ar em torno de mim subitamente ganhou um odor novo, especial, levemente frutado como o cheiro das tardes daqueles antigos verões, e uma luz diáfana, aquela mesma luz que emanava dos seus cabelos platinados nos serões noturnos que aconteciam na sala da nossa velha casa de praia.

Levantei o rosto para a plateia e, como se fosse óbvio, lá estava ela. Incrivelmente alta e muito magra, os cabelos tão loiros como outrora, e a pele amorenada, esticada sobre seu rosto de maçãs salientes, um rosto tipicamente eslavo e muito bonito. Ela pedia licença para avançar por uma fileira de cadeiras, porque queria sentar bem no meio da plateia, onde, por certo, poderia ver-me melhor. Sua chegada causou algum transtorno na audiência, e eu ri, sentado na minha cadeira acolchoada, tremendo levemente, porque Lylia Getka continuava exatamente a mesma garota petulante e exibida que eu conhecera na infância, e pela qual me apaixonara com desespero aos 9 anos de idade.

Finalmente, depois de alguns murmúrios incomodados, e tendo recusado dois lugares vazios talvez por puro capricho, Lylia pediu licença a mais três pessoas e alcançou alegremente uma cadeira que lhe pareceu adequada. Ali sentou-se, cruzando com graça suas pernas longas cor de ouro velho, e pude ver a ponta de um sapato de salto, o couro branco luzindo por um instante, e depois acompanhei com os olhos o movimento daquele corpo delgado e melífluo, até que nossos olhares finalmente se encontraram.

E então vi que Lylia sorria...

Lylia sorria para mim exatamente como sorrira naquela velha tarde de janeiro na praia, quando os Getka chegaram de viagem, suados e empoeirados depois de horas de estrada e atolamentos na areia, e eu esperava-os na varanda de casa, com meu calção molhado pingando, e a alma pendurada por um fio.

Ah, ela era linda! Tinha ficado mais linda ainda nos dois anos em que eu não a vira e, talvez naquela tarde, Lylia Getka tivesse realmente alcançado o ápice da sua beleza. Simplesmente era impossível parar de olhá-la, e outros homens na sala faziam o mesmo que eu. Pus-me a pensar o que o maldito cunhado judeu havia visto em Olenka, que nunca fora exatamente bonita, e a quem os anos haviam espichado certas partes do corpo além da conta, como a face, comprida demais, com seus maxilares quadrados, aquele rosto enérgico e um pouco triste, e os braços, finos e longos, que Olenka parecia nunca acomodar com decência — vivia com os braços cruzados na frente do corpo, como se andasse perpetuamente de mal com a vida. Mas Lylia... Lylia tinha crescido exatamente como eu previra: era muito mais bonita do que Danya Getka, e tinha uma certa força brejeira, belicosa e divertida ao mesmo tempo, um ar luxurioso e saudável, que talvez tivesse herdado do pai.

Suponho que deva parecer um tanto ridículo que eu esculache aqui o marido de Olenka, visto que eu mesmo, tão apaixonado que fui, desde que era um menino de calças curtas, jamais tive coragem de viver minha paixão por Lylia. Ah, pouca gente conhece a força de um amor da meninice...

Naquela tarde, depois de responder desordenadamente a todas as perguntas feitas pelo entrevistador, eu terminei aquele encontro com a certeza cabal de que deveria me casar com a filha mais nova dos Getka. A deusa da minha infância, o sonho da minha juventude; não tínhamos trocado mais do que quatro beijos até então, e minhas mãos jamais haviam passado da barreira dos seus vestidos, embora eu houvesse dormido noites sem conta para sonhar com seus seios macios.

Imbuído da certeza de que naquela tarde, depois de que Lylia Getka aparecera de surpresa para me ver, eu teria coragem de beijá-la, levá-la para meu hotel, e após muitas horas de sexo, pedi-la em casamento, vontade que eu acalentava desde os meus jurássicos 10 anos, ao final do bate-papo, eu caminhei até onde Lylia me esperava, num canto do corredor, com aquele mesmo incrível sorriso pairando no rosto.

Mas nada disso aconteceu.

Lylia e eu conversamos em meio a um burburinho de estudantes, enquanto meu agente literário esperava-me para outro compromisso, e apesar de havermos marcado um jantar naquela mesma noite, e de eu ter saído dali com o telefone da mansão onde Olenka vivia e onde Lylia estava hospedada bem-guardado no bolso de zíper da minha jaqueta, tal encontro nunca aconteceu.

Quando liguei para Lylia, duas horas mais tarde, depois da tal entrevista — e de posse do endereço de um maravilhoso francês que ficava numa alameda dos Jardins onde eu pretendia comer um *confit de cannard* e beijá-la entre taças de vinho tinto —, soube que Olenka Getka, ou fosse como fosse seu sobrenome de casada, havia sofrido um aborto, e que as duas irmãs estavam no hospital, onde Olenka estava sendo submetida a uma raspagem uterina ou coisa parecida.

Não tive pena da coitada da Olenka, nem do seu embrião. Mais uma vez, o destino me passava a perna e aquilo era tremendamente injusto, muito mais injusto do que aquele acidentezinho gestatório, pois Olenka teria muitos outros filhos se seguisse fornicando regularmente com seu maridinho cheio da grana, eu tinha certeza disso. E aquela noite, dentre todas as noites da minha vida e da vida de Lylia, era a única possível para um começo entre nós. Eu o sentira dentro de mim, e não tinha explicações mais lúcidas do que o meu amargor, ao desligar o telefone na minha árida suíte de hotel, com a voz da empregada ainda latejando nos meus ouvidos cansados.

Mais uma vez, estou naquele sótão cheirando a cachorro molhado. Ainda não é noite, mas essa hora esquiva, meio mágica, quando a luz do dia começa a amainar suavemente, derrubando a lógica do mundo, apagando os contornos das coisas, enquanto o ar se torna mais fresco, mais límpido também, pontilhado de ouro e pesado de silêncio.

Todos os finais de tarde que tenho na memória me parecem cheios de uma imensa quietude. Coisas aconteciam, é claro, mas sem ruído. Com exceção daquela tardinha, nesse mesmo verão que ora recordo, quando Lylia finalmente chegou na praia, depois da longa viagem, e eu a esperava na varanda... Não tenho explicação plausível para isso, mas essa é a única lembrança que guardo de um entardecer sonorizado. Ah, a voz de Lylia quando falou comigo pela primeira vez... Os risos das minhas irmãs e de Olenka, os comentários do meu próprio pai — recordo cada palavra, cada inspiração, o vento chiando nas árvores, a areia dançando sua dança dourada.

Mas não dessa vez...

Nesse final de tarde, a casa está realmente muito quieta. Meus pais saíram para fazer alguma coisa, talvez comprar mantimentos no pequeno mercado que fica a uns dois quilômetros da casa, e foram de carro. Eu aproveitei que Eva estava tomando seu banho — os banhos de Eva são longos e metódicos —, e fugi para o sótão, enquanto Danya Getka também se escondeu no seu quartinho abafado, talvez para recordar o velho trem dos seus pesadelos, e Jósef foi pescar, levando consigo Olenka, Lylia e Marysia. Minhas duas irmãs mais velhas estão lendo fotonovelas, esparramadas no sofá azul da sala.

No sótão, de maneira muito abafada, posso ouvir a vozinha fraca de Eva cantarolando uma daquelas canções italianas românticas que faziam sucesso naquele tempo. *Sapore de sale, sapore de mare,* ela cantarola, acompanhada pelo barulhinho do chuveiro, talvez pensando em algum namorado que deixou na cidade antes de viajar conosco para aqueles dois meses na praia.

Il gusto um po'amaro di cose perdute...

Sim, Eva cantando *Gino Paoli* parece perfeito para essas minhas recordações. Tantas coisas perdidas, e eu tentando ressuscitá-las à força das minhas lembranças...

Porém, nesse dia, Gino Paoli nada mais é para mim do que o cantor das rádios, o cantor das músicas que minhas irmãs mais velhas resmungam o dia inteiro, assassinando as frases em italiano, suspirantes e cheias de olhares misteriosos, como duas conspiradoras tramando uma coisa tremendamente secreta. Vai ver, Eva cantava aquelas músicas no banho por causa de Irenka e de Vera, de quem herdava, além do gosto musical, os casacos de inverno e as roupas fora de moda.

O sótão está quase escuro, embora o céu lá fora exiba uma impressionante luminosidade dourado-avermelhada. Algumas nuvens passam lentamente no céu, nuvens pálidas, sem presságios de chuva, mas dentro do sótão sem janelas eu não posso vê-las. Estou ali tateando, acostumando meus olhos a semiescuridão do cômodo úmido. Eu não trouxe uma vela comigo porque Halina agora tranca as velas numa gaveta, talvez com medo de que eu e Lylia coloquemos fogo na casa em função de alguma brincadeira. Vai ver ela pressente que estamos para aprontar qualquer coisa... Na verdade, a mãe vem me olhando de um modo estranho nos últimos dias, como se estivesse me analisando. Eu tento parecer o mais natural possível, pois a nossa vingança necessita ser perpetrada em perfeito segredo.

Porém, só agora me ocorre a simples verdade daqueles olhares: Halina sabia que eu amava Lylia Getka. Ela *sentia* isso... Sentia que seu menino havia mudado — uma mudança imperceptível fisicamente, mas aqueles meus modos, aqueles suspiros fora de hora, e a languidez dos meus gestos sempre que Lylia estava conosco. E então eu perdia nos jogos de canastra, perdia para Lylia minhas balas de coco, e jamais blasfemava, jamais reclamava, apenas entregava-lhe aquelas lindas balas ovaladas, enroladas no seu finíssimo papel branco, entregava-as quase com prazer. Sim, a máma sabia. Era uma mulher sensível, e por certo estava feliz em sonhar que seu menino viesse a se casar, um dia, com a filhinha da sua única amiga. Ou, talvez, seus olhares — espichados, doces, repletos de ternura — fossem olhares de pena, e Halina intuísse que Lylia não havia sido feita para mim, que éramos muito diferentes, quase inconciliáveis. Ou talvez fosse a vida mesmo... Naquele tempo, Halina já tinha vivido o suficiente para ter certeza de que nada, absolutamente nada nesta vida estúpida, sucede como nós esperamos.

Eu caminho devagar pelo sótão de teto baixo, inclinado dos lados, e contorno a viga central, grossa como o caule de uma árvore. Num canto, posso ver os restos daquele pinheiro amarelo cujas raízes os ventos de um temporal de inverno arrancaram do solo. Meu velho amigo pinheiro, e a mãe transformou-o em lenha para o fogão — um dos seus raros gestos de insensibilidade. Eu estico meu braço e toco a madeira crespa, nodosa, ferida pelo machado que Jósef Getka empunhou há dois dias. Meus dedos correm por ali, e respiro o cheiro de Lylia impregnado nessa madeira escura e boa. *Adeus, pinheiro. Era sombra, agora vai ser fogo.*

Depois eu sigo adiante, até um canto do sótão, perto das caixas de pertences do meu pai. Atrás dessas caixas etiquetadas e identificadas em polonês, o eterno idioma do velho, estão quatro latas de tinta usadas em alguma antiga reforma. Eu procuro a preta e a vermelha, as duas cores que escolhi, e busco, num outro canto daquela caverna de tesouros, dois potes de vidro, desses de conserva, que a mãe costuma guardar para suas geleias.

Dois potes e um pouco de tinta, vai demorar para que meus pais deem por falta disso. Um pequeno furto, mas eu não deixo rastros. Faço tudo rapidamente, aproveitando a parca luz que entra pela portinhola do sótão, que deixei aberta ao subir. Sei que Eva ainda está no banheiro, porque ouço-a cantarolar baixinho, mas agora o chuveiro parou de correr, e preciso ser rápido.

Il tempo è nei giorni que passano prigi, a voz de Eva, meio rouca e desafinada, troca as palavras em italiano, erra as vogais, mas o que ela quer dizer é isso, enquanto se veste no banheiro úmido lá embaixo.

Já eu mesmo faço tudo com extrema precisão, e estou me sentindo um militante da Armia Krajowa, vivendo uma daquelas assustadoras aventuras que o próprio Jósef Getka viveu nos tempos da ocupação alemã. Como devem ter feito os chefes das milícias secretas polonesas em seus túneis sob a cidade de Varsóvia, ainda na noite anterior eu tracei um plano de ação, que apresentei a Lylia, anotando depois tudo no meu caderno.

Se fecho meus olhos, quase posso ver as palavras escritas a lápis... A minha letra tremida, meio inclinada para a direita, que a professora tentou corrigir com centenas de exercícios de caligrafia naqueles odiosos cadernos de pautas finas, preenche meia página dobrada ao meio.

Subir ao sótão
Escolher duas cores de tinta (o táta guarda as latas no fundo do sótão)
Levar um pano.
Não deixar pingos no chão.
Não esquecer de pegar um pincel.
Ou dois.

Seguindo meu plano anotado na folha de papel, eu viro um pouco de tinta num dos potes, e limpo o que escorreu pela lateral da lata com o pano velho que peguei no tanque, lá no pátio. Esse pano eu vou jogar fora no terreno baldio que eu conheço tão bem. E se Halina ou Eva derem falta do pano de limpeza? Bem, sempre pode ser culpa do vento. O vento nesse litoral sem curvas nem baías é muito traiçoeiro, um vento teimoso que sopra três dias e que deve levar dezenas de panos dos varais da região.

Por um segundo, enquanto termino meu trabalho, imagino esses panos voando pelo céu... Todos os panos de todos os varais das casas dessa nossa prainha voando livres como pássaros, com suas finíssimas asas de algodão...

Mas volto a me concentrar na minha importante tarefa. Tampo as latas, limpo com extremo zelo a borda de cada uma delas, e coloco-as em seu devido lugar. Então vou embora, tomando muito cuidado ao fechar a portinhola. Um vidro de tinta espatifado no corredor seria o fim de tudo, talvez, até mesmo das férias. Sim, Jan é um pai bondoso, porém duro.

Ainda posso me ver fechando a porta direitinho, descendo sem tropeços a escadinha que leva ao sótão. Cheguei ao corredor com um vidro intacto em cada mão, o esboço do meu plano bem dobrado num dos bolsos da minha bermuda, o pano sujo de tinta no outro.

Estou suando de nervosismo e de excitação, bem no meio do corredor, escutando a mansa respiração da nossa casa como se ela fosse um enorme bicho de estimação desses que dormem pelos quintais. Mas tudo é silêncio, e até mesmo Eva deixou de lado suas melosas canções italianas.

Agora só falta alcançar a cozinha e sair pela porta da rua. Fiz um buraco no terreno baldio ao lado, e Lylia cobriu-o com algumas tábuas velhas. É lá que ficará meu tesouro até que seja a hora certa de executar a segunda parte do plano:

Quando todos estiverem dormindo:
Acender a lanterna só na esquina de casa.
Andar cinco quadras e dobrar à esquerda, tomando
cuidado com os cachorros.
Na rua 7, entrar na segunda casa.

A branca, de madeira.
Pintar as palavras na parede,
mas sem conversar com Lylia, porque
ELE pode acordar. Os nazistas têm o sono leve, todo
mundo sabe.
Voltar para a casa, deixar os vidros
e os pincéis no buraco.
Ir dormir.
No dia seguinte, fechar o buraco com terra.

Estou ali no corredor rememorando o plano, e então, súbito, me dou conta de uma coisa fundamental: esqueci de pegar os pincéis!

Oh, mój Boze, esqueci os pincéis e não tenho dinheiro para comprar pincéis novos. Terei que voltar ao sótão, senão hoje, amanhã. E isso me desconcentra, isso me entristece e me frustra, pois eu mesmo tivera o cuidado de anotar o plano, item por item, e agora vejo que não o segui à risca. E o que direi a Lylia essa noite? Que cumpri o combinado mas esqueci os pincéis? Que vamos escrever aquilo tudo com os dedos, e que, no dia seguinte, sentaremos à mesa do café com as mãos tingidas de preto?

Sou tomado por uma onda de raiva contra mim mesmo, e sinto meu rosto arder como se eu estivesse com febre. Tudo isso dura um instante, um largo e interminável momento de terrível frustração; quando dou por mim, percebendo que devo seguir em frente, que preciso atravessar a cozinha — vazia, por sorte — e sair porta afora no rumo do pátio e do terreno baldio, é que ouço um ruído na outra ponta do corredor. Ao me virar, o rosto ainda queimando de desgosto, dou de cara com Eva.

Parada ali, me olhando, sem entender nada, ela traz uma toalha enorme enrolada sobre a cabeça pequena. O corpo franzino, metido num vestidinho leve de algodão, parece instável com todo aquele peso para carregar. Estamos frente a frente, Eva e eu, e ficamos nos olhando sem dizer nada. Eu com meus potes de tinta, Eva com aquela toalha ridícula.

Percebo, quando Eva baixa os olhos para minhas mãos, que ela sabe que estou cometendo algum delito — os potes de vidro, que Halina ferve e guarda com cuidado numa prateleira do sótão, são usados unicamente para as geleias e conservas.

Mas Eva não pergunta nada. Tudo sempre pode ser outra coisa, e talvez ela cogite essa hipótese. Porém, antes que possa mudar de ideia, eu lhe digo, sorridente:

— Você canta muito bem, Eva... Em italiano, quero dizer.

Um segundo mais tarde, corro para fora da casa, corro sem olhar para trás, como se meu sumiço pudesse mudar nosso encontro, apagá-lo simplesmente. Pulo o muro baixo que separa nosso terreno gramado do terreno baldio com seu mato ressecado e suas florezinhas silvestres, com os ninhos de ratazanas e o lixo que os vizinhos jogam ali à noite, depois que as luzes da nossa casa se apagam.

Não recordo agora a resposta que Eva deu ao meu elogio, mas acho que ela nada disse... Eva era silenciosa e tímida. Gostava mesmo era de ficar no seu quartinho lendo as fotonovelas das minhas irmãs... Faz muito que perdi o contato com ela, sumiu, evaporou-se neste mundo. Pouco depois que Halina morreu, Eva foi embora da nossa casa. Voltava para o interior, para a cidadezinha onde nasceu. Com a partida da mãe, com o fim dos seus risos nos corredores da nossa casa, ela deve ter achado que sua tarefa conosco havia terminado. Levou consigo a mesma mala marrom e gasta com que chegou, e o segredo daquele dia, quando me viu saindo do sótão como um ladrão, levando aqueles dois vidros de tinta.

Eva nunca falou nada, nada mesmo. E por isso, pela coragem que teve de calar aquele terrível gesto meu apesar dos acontecimentos posteriores, fui-lhe sempre grato. Não deixaram de faltar motivos para que me delatasse, mas ela nunca o fez, e remoí minha culpa em silêncio, durante o resto daquele verão.

Ah, o silêncio outra vez, apagando tudo ao meu redor... O ruído dos carros lá embaixo, na rua, os passos do vizinho que vive no apartamento em cima do meu. Tudo desaparece subitamente, deixando-me afogado nesse silêncio estranho. Deve ser essa casa vazia...

Desde que Isabela partiu, desde que tudo aconteceu com Lylia, eu já não me sinto bem aqui. Ando pelos cômodos, e às vezes creio ver fantasmas. Gente de outros tempos. Fantasmas periféricos... Vizinhos da nossa casa da cidade, a velha costureira polonesa de Halina, *pane* Wladislawa, o leiteiro, que eu achava a cara do Rivelino, então jogador do Corinthians, o padre Pinsk, com quem fiz minha Primeira Comunhão e depois a Crisma.

De todos esses fantasmas que me assombram, vindos do meu passado, a mais importante aparição que recebi foi Jósef Getka. Noite dessas, eu o vi à janela da minha cozinha com um enorme e antiquado binóculo, e acho que procurava estrelas. A Alfa de Órion, Betelgeuse... Mas não tive coragem de chamá-lo, de mostrar-lhe que o céu, cheio de nuvens, estava prometendo chuva, e que Betelgeuse já não brilhava tanto como brilhara outrora, naquela pequena prainha vazia de gentes. Deixei que Jósef Getka vasculhasse o céu com aquele seu sorriso nos lábios, o mesmo sorriso de Lylia...

Mas, se vocês querem mesmo saber, Lylia nunca veio me ver. Talvez esteja ressentida comigo. Duas vezes estive naquele hospital, parado no maldito corredor que levava ao CTI, porém não pude avançar. Aquele cheiro de éter, um cheiro absolutamente asséptico, mas, ainda assim, um cheiro de morte... Aquilo entrando pelas minhas narinas, e eu parado ali, exausto com o peso das lembranças.

Vê-la naquela cama, repleta de aparelhos, pálida e de olhos fechados — assim outros me tinham contado — seria vilipendiá-la, ofender a beleza que Lylia sempre fizera questão de me ofertar. Então eu não fui, não logrei vencer aquele corredor lacrimoso. As pessoas iam e vinham, cabisbaixas ou esperançosas, mas eu não me movia dali. Acho que fiquei horas da primeira vez, contando as lajotas do piso sob aquela luz branca e movediça. Deixei o hospital destroçado por dentro.

Ontem à noite, caiu um temporal. Quando saí hoje, o mundo parecia limpo e eufórico. As casas exibiam suas cores verdadeiras, livres da sujeira que a poluição vai despejando sobre tudo. As árvores estavam mais verdes, expectantes. Teria sido um bom passeio, se eu pudesse, é claro, esquecer o objetivo dele.

A rua estava movimentada. Calçadas repletas de pessoas apressadas que não se davam ao trabalho de perceber como a chuva havia limpado prédios, casas e jardins, deixando tudo mais bonito. Bem, eu sei que é piegas dizer isso... Mas, ah, quando se está com pressa, quem quer saber o real matiz de um determinado tipo de azul?

Acontece que estamos perto do Natal outra vez, e isso explica a correria ao meu redor. O Bom Velhinho e tudo o mais, e as lojas exibem ofertas e enfeites coloridos por todos os lados. Eu caminho até a Avenida 24 de Outubro, caminho com passos largos, vigorosos, e atravesso o parque e duas avenidas, enquanto chegam até os meus ouvidos resquícios de conversas, de musiquinhas natalinas, de choros infantis. E então, subitamente, me dou conta de que hoje faz um ano que me divorciei de Isabela. Me dou conta disso ao pisar no hall do prédio do meu médico — pois o objetivo dessa minha caminhada era ir ao médico, e talvez as dores que venho experimentando possam ser explicadas por essa absurda coincidência.

Como se meu corpo sentisse, como se esse tempo estivesse afetando meus músculos e nervos e minha pressão sanguínea... E se exatamente hoje faz um ano que me divorciei de Isabela, também faz um ano que Lylia teve seu acidente.

Um ano. Um ano inteiro.

Não pode ser Isabela o motivo dessa minha dor no peito. Mas, em se tratando de Lylia, eu acredito em qualquer coisa. Fiquei pensando nisso enquanto o elevador subia até o consultório do médico. Talvez Lylia...

A falta de Lylia na minha vida é latente. Mesmo que não nos víssemos quase nunca, havia sempre a expectativa de um outro dia, um encontro fortuito, um hotelzinho vagabundo, um café num bistrô de bairro. Pode parecer incrível que ela, mesmo não fazendo parte da minha vida rotineira, tivesse tanto poder assim. Mas tinha, isso eu posso garantir. Ela estava lá, em algum lugar, e eu acreditava piamente que teríamos a nossa chance. Como um eixo, como um astro ao redor do qual eu orbitasse, mesmo que nunca nos tocássemos, ainda assim, alguma coisa em Lylia Getka ditava meu prumo, guiava meu caminho.

Quando ela morreu, eu senti o impacto do seu desaparecimento como uma dor. Uma dor no peito, a primeira delas. Eu não estava lá, no corredor branco e asséptico do hospital onde ela gastou seus últimos dias vegetando. Eu estava em casa, folheando um livro. Mas, entre duas páginas, eu senti. Doeu aqui, bem abaixo da linha do meu peito. Como se tivessem me enfiado uma faca invisível entre as costelas.

E, desde então, essa dor não deixou de me acometer. Eu disse isso ao médico... Ele ouviu-me pacientemente, os olhos vagando, dos meus exames sobre a mesa de mogno, para o meu rosto. Eu falava devagar, quase timidamente, porque essa foi a primeira vez que admiti, em voz alta, esse meu amor. Grande vantagem, vocês devem estar pensando, grande vantagem: Lylia está morta. Mas é preciso um pouco de compreensão a meu respeito, vejam que sou escritor e que me acostumei, ao longo da vida, a confundir ficção com realidade... Amar Lylia Getka, a amiga da minha infância, sempre me pareceu um gesto ficcional. Por isso, talvez, eu tenha fugido dela, de um jeito ou de outro, mas insistentemente, por tantos anos. Fugido, sim. Aquela vez, no motel, depois que fomos para a cama, eu poderia ter tomado Lylia pela mão... Talvez só bastasse isso, um toque de mãos, um assentimento mútuo e sem palavras. Ela teria deixado o marido por mim. Mas então, de um modo estranho, eu não tive coragem.

Eu falei e falei sobre Lylia, enquanto olhava a decoração do consultório do meu médico, um dos melhores especialistas em cardiologia do país — por que será que todos os consultórios médicos são cafonas? Então, entre duas frases minhas, sentado na sua enorme poltrona de couro marrom, atrás de uma risível estatueta de mármore sobre a mesa com tampo de couro escuro, ele sorriu para mim e, recapitulando, disse:

— Você a amava, Andrzej, e ela morreu.

— Faz um ano, exatamente.

Ao ouvir isso, o médico pareceu segurar um suspiro.

— Hoje? — ele quis saber.

E vi que se impressionou ante o meu assentimento. As coincidências da vida, será que ele acreditava nelas? Quem havia marcado aquela consulta fora a secretária dele, e a relação entre os dois fatos, embora casual, era curiosa.

Eu sorri tristemente.

— Quer saber do que mais? Ela foi atropelada no dia em que saiu o meu divórcio. Duas horas depois, do outro lado da cidade, quando andava por uma avenida com a filha. Não que precisássemos disso, do meu divórcio, caso quiséssemos tentar alguma coisa, mas...

Fiquei meio sem jeito, e baixei os olhos para as minhas mãos. As mesmas mãos do meu pai... Nunca fui dado a relatos pessoais, e talvez Marysia tenha ouvido meus únicos suspiros de amor quando ainda dividíamos o quarto na casa de dois andares onde cresci com minhas irmãs, mas naquele tempo não passávamos de dois adolescentes órfãos de mãe.

— Não deixa de ser impressionante — concluiu o médico, coçando o rosto perfeitamente barbeado. — Um trauma pode desencadear certos problemas cardíacos, uma alteração súbita da pressão arterial. Mas os seus exames...

— Eu estou doente, doutor?

O médico sorriu, e pensei, lá do meu lugar, naquela cadeira de couro infinitamente menor e menos macia do que a dele, como era invejável a sua posição. Meus exames sobre a mesa, e tudo aquilo sobre Lylia... Mais uma história. Mais um paciente — quantos como eu se sentariam naquela cadeira antes do final do dia? E em pouco tempo talvez ele estivesse virando umas taças de champanhe com uns amigos num restaurante classudo, ou no motel com a secretária, sua amante. Já eu, eu estava confinado àquela história. Ao espectro de Lylia.

— Você está plenamente saudável, Andrzej.

Quando ele disse isso, eu senti o suor escorrendo pelas minhas costas. Sou um tolo, afinal de contas, pensei. Mas o médico parecia sério, ainda imbuído das suas obrigações quase divinas.

Então ele acrescentou:

— Mesmo assim, seus sintomas... Bem, eles podem ter uma origem emocional, ou até mesmo química. Um abalo como esse pode desencadear uma depressão, e hoje em dia sabemos que a depressão também tem causas orgânicas... Para ser sincero, Andrzej, eu lhe recomendaria um especialista.

Ele anotou um nome e um número numa folha e entregou-me. Eu ri, meio sem jeito, pensando no que Isabela diria de tudo aquilo. No quanto ela se divertiria.

— Então estou deprimido, é isso.

Parecia muito simples. Ele olhou-me de modo quase irônico.

— Não fique com essa cara, Andrzej. Você não é cardíaco, isso eu posso garantir. Mas esses sintomas, angústia, tristeza, apatia... Isso que você acaba de me contar, bem... E seus livros, nos quais você não voltou a trabalhar nos últimos tempos. A depressão causa, digamos, uma certa preguiça do pensamento. Diminuição de memória. Diminuição de autoestima. Suas dores de cabeça e até a hipertensão arterial.

— E as dores no peito?

— Também — ele disse. — É todo um quadro, e como seus exames estão perfeitos... Nesse caso, é minha obrigação orientá-lo a procurar um outro profissional. Mas a escolha é sua, evidentemente.

Eu aquiesci, enquanto pensava se um sujeito com aquele mau gosto — meu Deus, os quadros que ele colocara nas suas paredes cor de chá! — poderia realmente ser levado a sério sobre qualquer assunto, apesar dos muitos diplomas médicos que ele ostentava na sala de espera ao final do corredor. Enfim, peguei meus exames, meu diagnóstico de depressão, peguei todas as minhas lembranças de Lylia, as quais eu desfiara tão sinceramente, e fui-me embora dali.

Voltei diretamente para casa e, no caminho, o mundo já não parecia tão limpo nem tão belo como antes. Era injusto que minha imaginação pudesse fazer até mesmo isso comigo, atirar-me na cara um quadro de depressão, quando tudo o que eu queria era morrer de um bom e eficaz ataque cardíaco, ou então ter coragem de dar um jeito na minha vida, juntando as pontas, atando os pedaços, e recomeçando tudo de novo, talvez em algum outro lugar bem distante dessa cidade.

Mas não, eu não fiz nada disso. Cheguei em casa, joguei no lixo o papel com o nome e o telefone do psiquiatra, e voltei para o meu computador.

Numa coisa o médico se enganou terrivelmente: a minha memória, nos últimos tempos, anda afiadíssima. Eu posso me lembrar de todas as coisas, cada detalhe da nossa casa de madeira azul, as rugas do rosto de Jan, o cheiro das mãos de Halina. Eu posso ouvir o silêncio daqueles dias entre os espasmos da minha própria respiração... Eu posso recordar todas as coisas e gentes do meu passado nos mínimos detalhes. E, na verdade, é só isso que me dá gosto... Recordar.

A noite ideal finalmente chegou. Lá estou eu na janela do meu quarto, olhando as estrelas e a rua recoberta de areia. Nem sequer há vento, o que é raro, e as árvores descansam sob a luz leitosa de uma lua cheia. Uma noite bonita, assim eu me lembro.

Meus pais e os pais de Lylia haviam saído para uma festa. Tinham ido até a prainha ao lado, uns dez quilômetros distante da nossa casa, onde os Lepeki possuíam uma casa — parece-me que era aniversário de Jacek Lepeki, um amigo do meu pai e dos Getka. Havíamos ficado sob os cuidados de Eva, de Irena e de Olenka, pois Marisya, Lylia e eu éramos considerados "as crianças" da casa. Vera, por sua vez, habitava uma espécie de limbo: ainda não era vista como uma adulta, portanto não podia nos cuidar, mas já tinha idade suficiente para haver-se sozinha e gastar suas horas de liberdade lendo fotonovelas e comendo bombons.

Irena e Olenka conversavam na sala. Conversavam não, fofocavam sobre meninos, soltando gritinhos tolos entre um comentário e outro. Vera, às vezes, se intrometia no assunto, dava sua opinião sobre algum garoto, e depois voltava para suas revistas. Vera foi a primeira a ir dormir. Marysia foi mandada para a cama logo depois, como castigo por haver trucidado seis besouros que chegaram perto demais das suas mãos alucinadas.

— Se a máma estivesse aqui... — gemeu Marysia, enquanto Irena a levava pelo braço até o quarto. — A máma não me colocaria de castigo!

No meu canto, eu ria ao ouvir Irena dando ordens à Marysia — que trocasse a roupa e escovasse os dentes, e que limpasse os pés sujos.

De repente, Lylia apareceu na sala. Não sei bem o que andava fazendo antes, mas entrou assoviando alguma música daquelas que Danya Getka gostava de cantar, e quando seus olhos cruzaram com os meus, percebi que ela sabia. Aquela era a nossa noite. Assim que os outros fossem dormir, iríamos, finalmente, nos vingar daquele nazista.

Todos os dias na praia, Lylia cuspia na areia quando a família do homem chegava. Ele logo saía a caminhar com seu horrendo chapéu cinzento; Lylia fitava-o de longe, desconfiada como um cão a farejar um lobo.

Naquela noite, Lylia rolou de propósito uma bolinha de gude para trás do sofá onde eu estava, e quando foi buscá-la, resmungou num sorriso:

— Umschlagplatz.

Era uma espécie de senha.

Eu sorri, e instintivamente toquei no papel que estava dobrado dentro do bolso da minha bermuda, o nosso minucioso plano de ação. As latas de tinta esperavam no seu esconderijo, e eu lograra pegar dois pincéis de uma gaveta cheia de cacarecos que o pai mantinha no seu armário de roupas. Bastava que Irena, Olenka e Eva fossem dormir.

Passou-se algum tempo.

Eu suspirava de tédio vendo os besouros entrarem voando pelo quadrado escuro da janela, como se soubessem que Marysia havia sido tirada de cena, e que nossa sala iluminada agora não oferecia mais perigo.

Então a própria Lylia anunciou que estava com sono, o que me deixou confuso. Mas logo compreendi que Olenka tinha a obrigação de colocar a irmã mais nova na cama, e que Lylia tinha feito aquilo de propósito. Ela fingiria dormir, enquanto a própria Olenka, que estava vermelha de sol e parecia cansada, cairia no sono de verdade. Foi um golpe de gênio, pois Irena anunciou que também ia para cama, e que Eva deveria fechar a casa e levar-me para o quarto.

Eu não reclamei de nada, enquanto Eva cerrava as venezianas, privando centenas de besouros do espetáculo da nossa lâmpada. Eva olhou-me com um princípio de desconfiança — eu sempre queria ficar mais cinco minutos quando Halina me mandava dormir. Mas Eva logo esqueceu disso. Não era costume seu pensar muito sobre as coisas, simplesmente ia fazendo o que lhe mandavam.

Coloquei meu pijama, tomando o cuidado de deixar minha roupa sob o travesseiro, e esperei que a casa silenciasse. Eva também foi dormir, depois de cerrar a última porta. Nada mais aconteceu, e eu podia ouvir o suave ressonar de Marysia perto de mim. Então me levantei no escuro e me vesti.

Saí para o corredor cheio de sombras. Na cozinha, esperei em silêncio que Lylia surgisse da parte da casa onde ficavam os quartos dos Getka. Os armários de mantimentos pareciam fitar-me com espanto. O que eu estava fazendo ali numa hora daquelas? Sentei numa cadeira e fiquei balançando as pernas, tentando não ligar para o medo que nascia dentro de mim sob a forma de uma dor de barriga. Se alguém nos pegasse, o que aconteceria? Imaginei um lúgubre prédio de penitenciária, e fiquei cogitando se teríamos direito a visitas, Lylia e eu, caso nos metessem numa cela por vandalismo ou coisa parecida.

Enfim, Lylia chegou. Vinha com uma pequena lanterna que fez piscar uma vez. Meus olhos arderam com o facho de luz; Lylia sorriu brejeiramente e guardou a lanterna no bolso da calça.

— Vamos? — eu perguntei, nervoso.

— Vamos — concordou Lylia. — A máma e o táta não demoram. — E acrescentou, sorrindo: — Você nem imagina, Olenka soltou um pum enquanto dormia. E nem vou poder rir da cara dela amanhã, que pena!

Saímos na noite morna e silenciosa, cerimoniosos como dois iniciados num ritual secreto, e fizemos o que tínhamos combinado fazer.

Lembro dos espinhos arranhando minhas pernas quando entrei no terreno baldio para buscar a tinta e os pincéis que havia escondido. Sem a luz do dia, tudo parecia mais assustador, e embora a lua brilhasse alta no céu, eu temia que algum cachorro faminto estivesse pernoitando entre as moitas do terreno.

— Espere aqui — eu pedi a Lylia, e fui buscar nossos apetrechos no esconderijo sob a terra.

Voltei logo, e seguimos para a rua do nazista. O ar era fresco e leve, e o silêncio, uma qualidade rara de paz. Comecei a me deixar levar por aquela placidez, a noite cheia de estrelas, quieta e serena... Parecia um mundo encantado, e imaginei que todos dormiriam para sempre atrás das suas venezianas cerradas, e que tudo ali naquela pequena praia seria apenas meu e de Lylia — as dunas, o mar e suas ondas borbulhantes, cada recanto de mato, os pinheiros todos, e até o vento, quando ele voltasse a soprar novamente. Tudo nosso, para sempre.

— Vamos logo, Andrzej — gemeu Lylia, quebrando a beleza daquele momento. — Se o pai chega e não me encontra na cama...

Era um perigo real, e essa realidade apagou minha ideia anterior, aquele idílio de conto de fadas. Meu próprio pai, se não me achasse na cama — e Halina, logo que chegasse em casa, certamente iria averiguar se os filhos estavam todos dormindo —, me daria uma boa surra.

Aceleramos o passo. Uma rua, duas, três.

Dobramos na esquina indicada, caminhando em perfeito silêncio, de mãos dadas, cônscios que estávamos por cometer um verdadeiro delito, um delito de gente grande, muito diferente das estrepolias que havíamos feito até então. A mão de Lylia suava entre meus dedos... Eu sentia meu sangue latejar nas têmporas, mas tentava manter minha coragem e abafar as reclamações do meu estômago. Afinal de contas, estávamos fazendo justiça.

A casa do nazista surgiu de repente numa súbita quebrada da rua, plantada de qualquer jeito no terreno malcuidado. Era uma casinha desengonçada e pálida que parecia sonhar sob a luz leitosa daquele luar.

Nos olhamos, Lylia e eu, e ela buscou no seu bolso a lanterna pequena e vermelha. Reconheci-a então de certas caminhadas na praia, quando Jósef Getka e o pai me levavam a ver estrelas. Lylia ligou a lanterninha e o facho de luz amarela pareceu quebrar o silêncio da noite como se fosse um grito.

Mas nada se moveu. A pequena rua, com suas três casas de madeira e os terrenos recobertos de areia, de mato, e de arbustos silvestres, parecia dormir a sono solto.

Caminhamos juntos até a casinha, e imaginei as meninas lá dentro num quartinho mal-ajambrado, e o homem com a esposa, ambos deitados na cama de casal, ele usando seu chapéu cinzento e desbeiçado até mesmo enquanto dormia.

Senti um pouco de vergonha. Era estranho estarmos ali, mesmo que eu tivesse imaginado aquela cena mil vezes e anotado cada detalhe do plano que trazia em meu bolso. Lylia apertava minha mão firmemente. Lembrei de algumas coisas que o pai contava sobre os nazistas e o que eles haviam feito aos poloneses, e busquei coragem nesse pensamento.

Respirei fundo, minha voz soou decidida:

— Vamos, Lylia... É agora.

Pegamos nossos pincéis. Eu abri os potes de tinta e, ali, na noite escura e tranquila, começamos a desenhar as paredes da casinha de madeira. Eram rabiscos tolos e infantis... Uma forca, uma estrela de Davi que Lylia desenhou com traços surpreendentemente firmes; mas também fizemos uma série de riscos sem sentido. Fui tomando gosto pelo próprio gesto de transgressão (creio que, lá pelas tantas, nem me lembrava mais do nazista e dos motivos reais que me haviam levado até ali) e, de repente, como se não mandasse na minha própria mão, escrevi numa das tábuas uma palavra chula.

Puto.

Lembro das quatro letras riscadas na parede da casa. Lylia iluminou-as com a lanterna, fazendo aquela ridícula injúria rebrilhar na madrugada como uma cicatriz num corpo que se despe. Sei que hoje isso pode parecer extremamente ingênuo, as crianças de agora dizem cada coisa... Mas, na minha família, naquele tempo, até mesmo um simples *"que droga"* era motivo de punição. O velho era muito rígido conosco.

Fizemos outros desenhos, não me lembro de tudo. Meu coração batia como um relógio dentro do peito. E tínhamos pressa. Não usamos o plano, nem escrevemos as frases que Lylia montou pacientemente ao longo daqueles dias de espera. *Vocês mataram os judeus. Malditos nazistas. Morte para Hitler e seus homens.* Hitler já estava morto havia muito, e dei graças pelo fato de Lylia esquecer suas frases prontas — parecia ridículo conspurcar um ato tão corajoso como aquele com um erro histórico tão grave; mas, ao mesmo tempo, eu não tivera coragem de alertá-la para o fato de que Hitler se havia matado com um tiro dias antes da queda de Berlim, e que esse fora um dos motivos do final da guerra.

De qualquer modo, a casa ficou bastante feia. Fizemos um bom estrago, silenciosos como fantasmas. Depois, largamos a correr, deixando a casa e a ruazinha para trás, e seguimos feito loucos até a praia.

Perto do mar, soprava um pouco de vento. Subimos as dunas, enterrando nossos pés na areia fria. Eu enchi meus pulmões com aquele ar fresco, enquanto começava a cavar a areia com força e determinação. Precisava enterrar os potes vazios e os pincéis sujos num buraco bem fundo, e trabalhei rapidamente. Ao meu lado, Lylia tremia.

— Está com frio? — perguntei.

Ela olhou-me no fundo dos olhos. Seu rosto bonito luzia sob as estrelas.

— Não, Andrzej — ela respondeu baixinho. — Estou com medo. Medo, finalmente.

Fiquei um pouco atônito com aquela confissão. Lylia era, para mim, a criatura mais altiva e corajosa do mundo.

Ela tremia ao meu lado como se estivesse molhada. Acabei de enterrar os potes de vidro, dei-lhe a mão e voltamos para a casa no mais completo silêncio.

Antes que nos despedíssemos no portão — por sorte o Ford do pai ainda não estava no caminhozinho que ladeava o terreno —, eu a abracei. Lylia Getka era morna e cheirava a tinta, sabonete e suor. E ainda tremia.

Tremia também quando se afastou um tantinho de mim, segurando meu rosto entre suas mãos úmidas, e beijou-me os lábios. Bem de leve, lentamente.

— Muito obrigada, Andrzej.

Seu tremor contagiou-me, então.

Logo depois, entramos na casa e fugimos para a segurança dos nossos quartos. Eu sentia medo e júbilo, orgulho e vergonha; os sentimentos confundiam-se dentro de mim como ondas num mar tormentoso. Era como se tivesse crescido anos desde que deixara meu quarto na ponta dos pés, havia apenas uma hora. Ri no escuro. Eu estava muito confuso, bêbado de novidades. Puto, repeti baixinho. E desenhei as letras no ar, enquanto saboreava o resto do gosto de Lylia que ainda havia em meus lábios.

Danya Getka morreu dois anos depois daquele verão.

Eu estava na sala, esparramado no sofá, lendo *O apanhador no campo de centeio*, e me sentindo o próprio Holden Caulfield, quando recebemos a notícia. Era uma ensolarada manhã de sábado, e da cozinha vinha o aroma picante do molho de cogumelos que Halina preparava enquanto cozinhava kluskis, uma espécie de massa caseira à base de farinha, sal e água, que todos adorávamos lá em casa.

Lembro quando o telefone tocou e Vera precipitou-se para ele, pois esperava o convite de um certo rapaz para a matinê, e já havia algum tempo andava pela sala em passinhos nervosos, roubando minha concentração na leitura. Vera irritava-me às vezes: costumava agir com uma mistura de discrição e teimosia. Naquele dia, ela estava no auge desse seu jeito por causa do tal rapaz.

Ainda posso ouvir a voz de Vera dizendo "alô" ao telefone. Ela disse isso de um jeito forçosamente displicente, e recordo a súbita mudança de expressão do seu rosto, como tivesse recebido uma descarga elétrica. Vera teve um estranho tremor e, pálida, sem emitir palavra, correu até a cozinha e trouxe a mãe pelo braço. Ainda em silêncio, passou-lhe o fone negro como se estivesse lhe entregando um pedaço de carvão em brasa.

Danya se enforcara no lustre da sala dos Getka, enquanto Jósef e as meninas estavam no Mercado Público, comprando uma lista de itens que ela mesma lhes fornecera ainda na noite anterior. Parece que Danya Getka deixara uma panela no fogo. Um resto de molho ainda queimava sobre a boca do fogão quando todos eles chegaram da rua carregados de pimenta, raiz forte, ricotas, ameixas secas e outros ingredientes usados na culinária polonesa.

Como minha mãe, Danya preparava a refeição de sábado quando, por algum motivo que ninguém jamais saberá ao certo (motivo esse que venho tentando adivinhar desde então), simplesmente desistiu de viver. Ela correu ao seu quarto em busca de uma echarpe de seda que enrolou ao pescoço com cuidado, dando um nozinho bem urdido, e depois amarrou a outra ponta à base do lustre de cristal que ficava sobre a mesa da sala de jantar.

Embora fosse franzina, Danya logrou empurrar a pesada mesa de seis lugares, subiu numa cadeira e pendurou-se ali, revirando os olhos para todos os pesadelos que a tinham perseguido durante a vida. Fez isso sem se despedir nem das filhas, nem do marido. Pobre Danya Getka, e seus terríveis sonhos com estações de trem...

Poucas vezes vi Halina tão abatida como quando desligou aquele maldito telefone. Sua pressão arterial, que não era lá muito confiável, deve ter subido bastante, pois lembro que ela empalideceu, apoiando-se às cegas na parede, e que se Irena não tivesse surgido com uma cadeira para ampará-la, certamente a mãe teria caído no chão, sobre o tapete que Eva acabara de bater lá no quintal.

Depois de um longo momento, Halina finalmente disse:

— Danya morreu... — E era como se falasse consigo mesma. — Morreu agora pela manhã. Mój Boze...

Vera e eu calamos, apavorados, enquanto Eva soltava um gritinho e começava a chorar descontroladamente, até que Irenka a mandou para o quarto. Não lembro onde andava Marysia naquele momento, talvez brincando em alguma casa da vizinhança.

A mãe ainda estava na sua cadeira, suando frio e fazendo o sinal da cruz repetidas vezes, como um disco de vinil arranhado na mesma faixa, e lá ficou até que Jan regressasse. Ele veio rapidamente, sério e cabisbaixo. As notícias corriam rápido na pequena comunidade polonesa da nossa cidade. E uma notícia daquelas, um suicídio entre católicos fervorosos... Bem, foi um grande baque para todos, muito embora Danya Getka fosse judia. Ah, no calor daquele assunto, isso era um pequeno e desprezível detalhe.

Fiquei muito tempo sentado naquele sofá, como que pregado entre as almofadas, pensando em Lylia. O que ela estaria sentindo? Encontrar a própria mãe pendurada na sala de jantar, bem... Não era uma coisa fácil para ninguém.

Ah, Lylia, e toda a sua impetuosidade, aquele brilho que ela tinha para a vida. O suicídio de Danya Getka afetou-a para sempre... Depois daquela maldita manhã de sábado — creio que estávamos no outono, mais ou menos no final de maio... Enfim, depois daquela manhã, Lylia passou a sofrer de insônia e tinha pesadelos frequentes.

Quando ela me contou isso, cerca de dois meses depois do enterro de Danya, numa tarde em que fomos tomar chocolate quente numa confeitaria do Centro, não pude deixar de recordar aquela noite na praia... Lembro de mim mesmo usando um velho pijama, escondido no corredor. Ali eu ouvi Danya Getka chorar, contando à mãe sobre seus pesadelos com aquele trem que a levara até o campo de concentração e a praça cheia de gente esperando para o embarque. Umschlagplatz... Que vívido terror havia na voz de Danya Getka naquela noite! Um terror que deve tê-la perseguido sem piedade, noite após noite, sob a luz da lua nas madrugadas bonitas, emaranhado ao uivo do vento nas noites tempestuosas. *Sushhh, sashhh,* como um trem se movendo no seu leito de ferro, eternamente, até o fim dos dias.

Será que Lylia herdou de Danya os pesadelos juntamente com seus brincos de pérola? Me pego pensando nisso, nessa herança emocional. Uma espécie de doença, um germe que contaminou toda uma gente, passando de geração em geração como um pesadelo, como um medo sempre renovado de que alguma coisa tão terrível quanto aquela voltasse a acontecer.

Ah, pobre Lylia...

Por que será que não foi Olenka quem passou a sonhar aquelas coisas; mas a minha pequena menina loira e corajosa, minha Lylia de olhos verdes e joelhos sempre arranhados?

Enfim, a terrível morte de Danya Getka mudou tudo naquela família, afetando-nos também, de um modo ou de outro. *Pan* Jósef deixou de procurar estrelas. Algum tempo depois, deu-me seu binóculo de presente. A magia do céu não era mais para ele, foi o que Jósef Getka me disse. Guardei aquele binóculo comigo, e creio que deve estar numa dessas gavetas cheias de objetos esquecidos, essas gavetas cujo conteúdo Isabela deixou para trás ao partir. Mas nunca procurei constelações com o binóculo de Jósef... Eu tinha medo de ver o rosto bonito de Danya Getka estampado entre as estrelas de Órion, ou fazendo companhia ao Cruzeiro do Sul. Quanto a Olenka, foi estudar num colégio interno em São Paulo. Lá deve ter conhecido seu maridinho rico, e por lá ficou.

Lylia seguiu vivendo com o pai, e cuidando-o com o afeto que antes Danya lhe dedicava. Com o passar do tempo, Lylia foi ficando mais e mais parecida com sua mãe. Tinha o sorriso de Danya, o mesmo perfil, e pontuava suas frases com os mesmos espasmos de silêncio, como se provasse cada palavra antes de pronunciá-la. Vai ver, foi esse conjunto de semelhanças que determinou que Lylia, e não Olenka, herdasse aquelas noites de pesadelos. A vida pode ser mesmo muito estranha...

Nesse tempo após a morte de Danya, Lylia e eu nos aproximamos. Ela estava muito sozinha, e as tardes naquela casa sem Danya eram intermináveis. Matinês, passeios no parque, chocolates e sorvetes nos uniam. Duas ou três vezes, entre risos ou confidências, trocamos beijos furtivos; e então eu tinha absoluta certeza de que Lylia Getka era a mulher da minha vida, e que nada, absolutamente nada no mundo, haveria de nos separar. Ah, as ilusões de um menino de 12 anos!

Na verdade, muitas experiências semelhantes nos esperavam ao longo da vida. Estávamos os dois fadados a sermos órfãos de mãe, por exemplo... Estávamos fadados a várias coisas, e talvez o nosso destino fosse um único caminho, que negamos, e negamos e negamos, trilhando a vida por veredas proibidas, complicando as coisas cada vez mais para nós mesmos. Mas como saber?

Ninguém sabe nada acerca do futuro. Eu mesmo nunca acreditei em cartomantes, quiromantes e outros charlatões desse quilate. Quando estou sóbrio, creio que o destino não passa de um conjunto de acontecimentos aleatórios que vão se enredando uns nos outros, determinando novos conjuntos de ações, e assim por diante, de modo que vamos indo em frente como barquinhos sem vela num oceano tempestuoso. Ou talvez não seja assim, mas pior: vamos indo em frente como barquinhos num oceano tempestuoso, mas agindo com a petulância de transatlânticos em águas serenas.

Mas Danya Getka escapa a essa comparação... Ela sempre se soube apenas um barquinho com as velas rotas, lutando para se manter acima das ondas numa sucessão de temporais em mar aberto. Mesmo casada, já aqui no Brasil e com as duas meninas, quando a gente olhava fundo naqueles olhos dava para ver um medo latente, uma espécie de terror tão genuíno quanto o que a assolou naquele maldito pátio onde embarcavam os prisioneiros nos trens de carga para Auschwitz.

Na noite seguinte ao enterro de Danya, encontrei minha mãe chorando na cozinha. Era tarde, eu havia comido um sanduíche com muita mostarda ao jantar, e despertei no meio da noite com a boca seca.

Lembro de sair do quarto na ponta dos pés e andar pela casa quieta e escura com algum medo. Será que eu poderia cruzar com o fantasma de Danya em algum canto? E, se nos encontrássemos, eu deveria ter medo dela, daquela criatura tão mansa que nunca levantara a voz nem mesmo para as filhas? Eu suava frio, enquanto trilhava o corredor que levava à cozinha, sentindo sob os pés descalços as tábuas do assoalho. Afinal, alguém vindo do outro mundo ainda seria digno da minha confiança?

Não cruzei nem com o espectro de Danya Getka nem com qualquer outro; mas, ao atravessar o batente da cozinha, deparei-me com Halina chorando mansamente. Ela sabia chorar de um jeito tão quieto, como se estivesse num filme mudo.

— Máma... — eu disse baixinho, meio espantado.

Sentada na sua cadeira perto da mesa, ela ergueu os olhos sem susto. Aqueles olhos redondos e pequeninos.

— Andrzej... — ela gemeu, ajeitando a camisola num gesto meio coquete. — Ah, mój syn...

Aproximei-me, sentindo seu perfume de lavanda e sabonete, e esqueci minha sede. Tudo era tão estranho e inusitado, aquela morte (afinal, o que era a morte?), os sussurros dos adultos, o sermão do padre, e aquela palavra... *Suicídio*.

Ninguém me havia explicado o verdadeiro contexto daquela morte; mas eu pudera depreender, entre uma frase e outra e bisbilhotando as conversas das minhas irmãs mais velhas, que Danya Getka quisera morrer. Eu não podia entender muito bem a relação entre seu desejo tão estranho e o evento da sua morte, mas era óbvio que a vontade da mãe de Lylia contribuíra de algum modo para aquilo tudo.

Halina tocou meus cabelos com suas mãos brancas e sorriu.

— O que você faz aqui, Andrzej? É tão tarde... — Ela deu de ombros. As coisas estavam tão confusas que pouco importava o fato de eu estar na cozinha àquela hora. E, como se tivesse de se explicar para mim, acrescentou: — Eu perdi o sono, kochany. Vim aqui tomar uma xícara de chá.

Um chá. Só então vi a xícara de porcelana sobre a mesa e senti o leve olor de camomila.

Ela afagou meus cabelos outra vez.

— Você quer um chá?

— Não, máma — eu respondi. — Eu quero água. Estou com sede.

Halina ergueu-se em busca da água, e pareceu-me contente com aquela súbita tarefa, com o fato de voltar a ser a máma de alguém por alguns momentos, deixando de lado a sua própria dor.

Ela me entregou um copo de água fresca, e senti minha garganta seca se apertando na urgência da sede. Porém, quando tomei o primeiro gole, alguma coisa se embolou no meu estômago, alguma coisa como um novelo de lã, e cuspi a água nos meus pés descalços, desatando a chorar baixinho.

Halina espantou-se:

— Ah, Andrzej, não chore... Será que você está doente? — Tocou a minha testa: — Hum, está fresca. Venha, sente aqui no meu colo. Vamos secar os seus pés.

E então, acomodado naquele corpo quente e macio, eu chorei por um bom tempo, enquanto ela limpava meus pés com a barra da sua própria camisola.

Halina não disse nada, deixou-me libertar aquela tristeza calmamente, enchendo a cozinha com meu chorinho fino, do mesmo modo que ela havia feito um pouco antes. Por fim, quando o choro secou, ouvi sua voz nos meus ouvidos:

— Está melhor, kochany?

Eu aquiesci.

Sim, estava melhor. O bolo nas minhas tripas havia desaparecido. Mas queria saber uma coisa, será que eu podia perguntar para ela?

— Pergunte, meu filho. Pergunte o que quiser.

Perguntei-lhe por que, afinal, Danya Getka quisera morrer? Por que alguém no mundo quereria morrer, se viver era tão bom e havia tanta gente, a família e os amigos, e a praia e tudo o mais? Seria por causa daqueles pesadelos, aqueles sonhos que ela tinha e que, naquela noite, naquele verão, a haviam feito chorar?

Halina sorriu para mim, lembrando a noite na casa azul, quando ela me encontrara ouvindo a conversa dos adultos. Então suspirou longamente, como se tentasse ganhar tempo para uma boa resposta.

Por fim, ela falou:

— Algumas coisas não param nunca de acontecer, Andrzej... Não sei se você me entende.

A mãe dizia as palavras com cuidado, analisando como cada fonema ecoava na cozinha vazia. Ela acarinhou meu rosto. Dentro da gente as coisas aconteciam, ela disse, as coisas podiam continuar acontecendo para sempre... Para sempre.

Eu estava com sono e confuso.

— Para sempre, máma? Como assim?

— Ah, mój syn... Veja, vou dar-lhe um bom exemplo: ter filhos. Uma mulher tem um filho, e ele nasce da sua barriga numa noite. Mas esse filho, já nascido, de um certo modo continua a nascer todos os dias para essa mulher, a cada vez que ela desperta, lembra-se dele, e vai tratar dos cuidados com o menino... — Ela riu, docemente. — Bem, esse é um exemplo bom, Andrzej. Mas existem coisas ruins. Coisas ruins que seguem acontecendo para sempre.

— Como os pesadelos de *pane* Danya?

— É — disse Halina. — Como aqueles pesadelos... Todas as noites, era como se tudo voltasse a acontecer para a minha amiga Danya. Uma coisa muito triste aconteceu na vida dela... Uma coisa que ela nunca pôde esquecer...

— Nunca, máma?

Halina forçou um sorriso, abraçando-me como se quisesse manter-me ao seu lado para sempre.

— Nunca, mój syn... Até que um dia Danya não aguentou mais.

— E morreu... — eu acrescentei.

— E morreu — repetiu Halina, com a voz embargada. — Agora tome sua água e volte para a cama. Amanhã você tem colégio, não é?

Eu tomei minha água conforme a mãe pedira, tomei a água em golinhos pequenos e cautelosos, e voltei para o meu quarto a fim de dormir o resto da noite. E nunca mais, tenho absoluta certeza, nunca mais Halina e eu falamos disso. De coisas que aconteciam para sempre.

Mas, também, não tivemos muito mais tempo.

Quando vendemos a casa azul, o nosso vínculo com os Getka subitamente se rompeu. O pai andava ocupado com uma nova mulher ou coisa parecida, e Jósef Getka deixara a empresa para começar um negócio próprio, que afinal não prosperou, falindo alguns anos depois.

Passei a ver Lylia muito pouco. E então descobri que Danya Getka e Halina eram uma espécie de ponte entre as nossas famílias. Como dois alicerces que nos uniam e nos sustentavam, transformando-nos numa coisa só. Mas o súbito desaparecimento delas — Danya e minha mãe morreram num intervalo de quatro anos — acabara por nos apartar.

Quando os Getka estavam conosco já não havia aquela unidade anterior, aquela cumplicidade em que nenhum assunto é completamente desconhecido do outro, e basta apenas citar algo ou alguém para que tudo flua mansamente, num caminho definido e acolhedor. Nossos encontros passaram a ser truncados. Ah, eu ainda gostava muito de estar com Lylia... Na verdade, gostava cada vez mais, e passava noites em claro pensando nela e fazendo coisas proibidas, de olhos fechados sob as cobertas, pensando naqueles lábios, nas suas pernas morenas, no som de flauta do seu riso. Mas as nossas famílias, aqueles dois patriarcas poloneses cheios de passado e de cicatrizes, com seus filhos sem mãe, esses dois grupos aparentemente iguais e frutos da mesma série aleatória de coincidências e tragédias, já não se imiscuíam como outrora... Vera e Olenka passaram a brigar, provavelmente por causa de uma paixãozinha em comum; Marysia achava Lylia tola e petulante, e meu pai não conseguia perdoar Jósef Getka por ter deixado a empresa para enveredar num negócio próprio, cujo fracasso ele podia antever.

O tempo passou.

Lylia e eu nos encontrávamos eventualmente. Tive minha primeira namoradinha de colégio. Lylia deve ter tido os seus casos; e provavelmente perdeu a virgindade bem cedo para os padrões da época. Chegavam até mim, vindos daqueles anos empoeirados e disformes, os boatos que Marysia passava adiante na mesa de jantar, depois que o velho ia ler os jornais na cozinha. Boatos dando conta de que Lylia era uma moça bem avançadinha, com muitas horas de prática nos bancos traseiros dos automóveis que certos conhecidos de Marysia costumavam roubar dos pais nas noites de sábado.

Eu ouvia os relatos de Marysia tomado de raiva... Um rapaz de 14 anos, crescendo descontroladamente, cheio de pelos pelo corpo, louco de amores, cujo único meio de locomoção era uma velha bicicleta aro 22. Ah, não era muito agradável. Depois eu ia para a cama, naquela casa que de repente se tornara inóspita, sem os risos de Halina, nem as suas compotas, nem suas xícaras de chá de camomila, e ficava pensando em

Lylia e suas aventuras rocambolescas com caras bem mais velhos do que eu.

Esse período no qual nossas famílias começaram a se separar foi estranhamente difícil. A perda de Halina já tinha sido quase insuportável; depois o velho vendera a casa de praia, e faltava-me Lylia e o consolo daqueles doces verões. Eu gostava muito dos Getka, talvez com exceção de Olenka, que me parecia uma boa pessoa, porém completamente despojada de brilho pessoal. E como eu pensava em Danya! Nos anos que se seguiram, além do meu amor por Lylia, Danya Getka era uma figura muito presente dentro de mim. Eu sonhava com ela... Eu podia vê-la pendurada no lustre da sala de jantar, e podia vê-la preparando sanduíches sob o guarda-sol na beira da praia ensolarada e ventosa.

Por um bom tempo, fiquei obcecado com a literatura dos sobreviventes da Segunda Guerra. Pensava em Anne Frank trancada naquele cubículo por anos a fio. Pensava em Danya dentro daquele trem... Eu tinha poucos amigos no colégio e quase nunca ia às festinhas, aquelas festinhas tolas nas garagens das casas de família. Meninos de um lado, meninas de outro, e a Coca-Cola turbinada com vodca passando discretamente entre todos. Não, aquilo não era para mim. Eu ficava no meu quarto, noite após noite, e lia de tudo. Claro, depois eu cresci mais ainda e não demorei muito a conhecer os impressionantes relatos de Primo Levi. Devorei suas obras, e em cada linha magistral, outra vez eu podia sentir o sopro dos pensamentos de Danya Getka, como se ela estivesse ali ao meu lado, acompanhando a narrativa de Levi sobre os meus ombros.

Um fantasma espantado e curioso. Um fantasma completamente impressionado e encantado, e novamente horrorizado porque alguém, afinal de contas, pudera transformar aqueles pesadelos em literatura, costurando todo o horror com as palavras certas.

Acho que foi em 1987 que Primo Levi foi encontrado caído no poço da escadaria da casa onde viveu a vida toda, na cidade italiana de Turim. Suicídio, disseram todos os jornais. Suicídio, essa palavra ecoou na minha alma... Então Levi e Danya Getka tinham aquele mesmo final em comum! Depois de tantos anos, depois de escaparem do inferno e terem reconstruído suas vidas, de repente o inferno os chamava de volta pela derradeira vez. Aquelas mortezinhas cotidianas — ambos tinham optado por morrer dentro das suas próprias casas, discretamente, acolhedoramente, eu diria até... E Danya Getka, inclusive, fora precursora nesse gesto desesperado. Não que a notícia do suicídio de *pane* Getka houvesse ganho as páginas de algum jornal... Apenas uma tragédia familiar, e creio que nem os vizinhos da rua sabiam do passado da mãe de Lylia. Mas, de algum modo, aquele passado era pesado demais, negro demais, perene demais, tanto para Danya quanto para um homem com o reconhecimento que Primo Levi obtivera com seus livros.

Hoje em dia, dois ou três importantes biógrafos contestam efetivamente a natureza da morte de Primo Levi. Segundo Miriam Anissimov, em *Tragedy of an Optimist*, a morte de Levi não teria sido um suicídio. Parece que ele tomava uma medicação fortíssima, e por isso, diz a Sra. Anissimov, perdeu o equilíbrio e caiu no poço da escada da sua própria casa. Ah...

Se fecho meus olhos, posso ouvir o risinho sardônico de Danya Getka, enquanto ela ajeita seu chapéu de palha em algum lugar do outro mundo. *Acreditem no que quiserem*, diz ela, dando de ombros. Mas o que é a vida, senão acreditar em alguma coisa? Ou em alguém?

Mas preciso terminar um relato... Preciso voltar à casa azul, ainda antes do suicídio de Danya Getka, naquele verão em que Lylia e eu trocamos nossos primeiros beijos e também depredamos a casa do nosso nazista. Será que Danya Getka acalentava a própria morte, enquanto Lylia e eu rabiscávamos no nosso caderninho diversas formas de punir aquele pobre coitado, como era mesmo o nome dele? Acho que era Sloboda ou coisa parecida. Sim, vamos chamá-lo aqui de Sr. Sloboda, o sapateiro ucraniano.

Evidentemente, depois daquele nosso tolo ato de vandalismo, naquela noite de verão há tantos anos, as coisas continuaram acontecendo...

Despertamos no dia seguinte, Lylia e eu, com aquela história dentro de nós. Na verdade, nosso ato de vandalismo tinha sido uma coisa pouca, umas palavras chulas pintadas numa casinha velha lá na última rua daquele pequeno balneário. Mas não deixava de ser uma imensa transgressão para duas crianças de 10 anos... Evidentemente, aquilo também foi uma terrível injustiça, e confesso que até hoje ela me pesa na alma.

Quando entrei na cozinha, na manhã seguinte ao sucedido, com a intenção de comer alguma coisa e seguir vivendo como se nada de diferente houvesse acontecido, meu pai já estava lá. O velho, que era homem de hábitos espartanos, costumava acordar ao raiar do dia; naquela manhã, embora ainda não fossem nove horas, Jan já tinha ido à farmácia e ao serralheiro. Usava camiseta branca e bermuda, e seu rosto bronzeado parecia inflamar-se enquanto ele contava alguma coisa para Danya e Jósef Getka.

Entrei na cozinha discretamente e me servi de um copo de leite. Enquanto meu pai falava, Danya e seu marido estavam à mesa, com a comida intocada nos pratos intocados e o café esfriando nas xícaras. Parece que o velho havia ido comprar os jornais naquele misto de farmácia e livraria, e o cara do balcão, um senhor míope e sorridente, narrara-lhe o triste episódio que acontecera com o sapateiro Sloboda.

— Quem é o Sr. Sloboda? — eu perguntei, nervoso, sem perceber que me intrometia no assunto dos adultos.

Jan entregou-me um olhar contrariado, mas respondeu:

— O senhor que alugou uma casinha lá na rua do açude. Aquele que senta perto de nós na praia, e que tem duas filhas. Um sapateiro na cidade, coitado. — Jan balançou sua cabeça desaprovadoramente. — E agora o Sr. Sloboda vai ter que pagar o estrago feito na casa.

Senti o calor descendo pelo meu rosto como um derramamento de lava, e me escondi atrás do meu copo de leite, fingindo uma sede que eu não sentia.

O pai continuou narrando sua história, sob os olhares espantados de Danya e Jósef. A coisa era mais ou menos assim: o pobre Sr. Sloboda era um ucraniano refugiado no Brasil, cuja família constituída na Ucrânia, esposa e um filhinho, haviam desaparecido na guerra. Mais uma história triste, que fez com que Jósef Getka sacudisse a cabeça num lamento mudo.

O tal Sr. Sloboda, como disse Jan, lograra sobreviver à guerra, e viera para o sul do país, mais ou menos como fizeram os Getka, para reconstruir a vida. Aqui se casara com uma descendente de italianos, e tivera duas meninas, aquelas loirinhas tristonhas que eu via na praia diariamente. Depois de dois anos sem férias, trabalhando como sapateiro na cidade de Novo Hamburgo, Sloboda juntara algum dinheiro e viera com a família aproveitar vinte dias à beira-mar, alugando a dita casinha, aquela meio desconjuntada, perto do açude onde eu pescava com o pai.

— E não é que o coitado acordou hoje com a casa toda pintada? Alguém foi lá, algum bêbado ou coisa parecida, e pintou um monte de absurdos, de desaforos... Mój Bóze — bradou Jan —, tem muito louco neste mundo!

Foi então que Eva entrou na cozinha. Vinha do pátio com uma galinha que ela acabara de depenar. Sua súbita aparição, com o triste cadáver daquele galináceo, parecia quase teatral.

Senti meu rosto arder outra vez, pois Eva me vira, naquela tarde, parado no meio do corredor com os dois potes de tinta. Eva sabia... Se prestasse atenção ao relato do pai, ela poderia juntar lé com cré, e o incrível mistério da casinha do Sr. Sloboda, depredada por algum maluco, seria desvendado ali mesmo, enquanto eu tomava meu copo de leite gelado.

Mas Jan continuou falando...

Eu estava tão nervoso que não conseguia acompanhar seu relato e, provavelmente, em toda a minha vida, nunca demorei tanto para tomar um único copo de leite. Eu queria mesmo era fugir da cozinha, fugir até mesmo daquela praia; mas não ousava me mexer, chamando assim atenção sobre a minha pessoa. Então fiquei ali, com ânsias de vômito, remexendo aquele leite dentro da boca por um tempo que me pareceu quase infinito.

Enfim, o pai terminou sua história. A casa alugada pelo Sr. Sloboda precisaria de uma boa demão de tinta antes de ser devolvida ao proprietário, e o pobre coitado não tinha dinheiro. Assim, o dono da farmácia, o velhinho míope que atendia pelo nome de Tio Alfredo, resolvera rifar uma garrafa de uísque para ajudar o sapateiro Sloboda.

Quando o pai se calou, Danya Getka soltou um longo suspiro.

— Ah, que coisa mais triste — disse ela, remexendo seu café frio com uma colherinha. — Um coitado que quase morreu nas mãos dos nazistas... E agora isso. Jósef, vamos comprar alguns números da rifa para ajudar esse senhor!

— Vamos sim, Danya — disse Jósef Getka.

E eu ali, querendo morrer. *Um pobre coitado que quase morreu nas mãos dos nazistas.* Eu podia ouvir a voz de Danya Getka ecoando dentro de mim, acusadora. Até hoje eu posso ouvir aquela voz, aquela frase escandida na voz macia daquela judiazinha linda que tinha pesadelos com trens de carga. A gente comete erros na vida. Mas um erro desses, aos 10 anos de idade... Afinal, o que eu diria para Lylia? Como poderia explicarme, explicar a ela toda aquela ridícula fantasia que eu criara, talvez somente para impressioná-la?

Parado naquela cozinha como se eu mesmo estivesse prestes a ser enfiado num daqueles malditos vagões, eu engoli o resto do leite num derradeiro esforço, sentindo os olhares de Eva sobre mim. Mas talvez eu esteja fantasiando... Talvez nossa querida e obtusa Eva estivesse ocupada em desossar seu pequeno cadáver, preparando-o com coentro e cebola para que Halina o colocasse na panela, e nem houvesse prestado a devida atenção à conversa do pai e dos Getka.

O que lembro com certeza é que saí correndo da cozinha, e segui correndo até a praia do mesmo modo que fizera na madrugada anterior, depois de pintar obscenidades nas paredes da casa do Sr. Sloboda. Mas, dessa vez, não havia nenhuma sensação de liberdade ou de amadurecimento interior. Não havia nada, a não ser aquela oprimente vergonha, aquela vontade de sair nadando naquele mar de ondas castanhas, nadando, nadando sempre, até chegar ao outro lado do mundo.

O resto da história e até mesmo daquele verão se embaralhou na minha mente. Com exceção de um detalhe, que nem sei se devo contar aqui. Afinal de contas, não estou querendo deixar uma espécie de testemunho dos meus bons sentimentos, um arrolado de histórias que comprovem que, apesar de tudo, não fui tão cretino assim nesta vida, muito embora deva haver muitos que digam exatamente o contrário... Mas acontece que esse detalhe não deixa de ser o final da minha experiência com aquele temível nazista dos meus sonhos, o magro e desconjuntado, o pobre imigrante, nosso digníssimo sapateiro Sloboda.

Enfim, encerremos esse pequeno capítulo da minha história com Lylia... Depois do acontecido, passamos algum tempo tímidos um com o outro. Eu, porque sentia vergonha dela, da obviedade daquela minha louca invenção, e do mal que eu causara a um pobre sapateiro inocente de qualquer crime de guerra. Lylia, por sua vez, creio que se afastou de mim apenas por orgulho. Afinal, ela acreditara em tudo, todas as minhas invenções. Acreditara piamente, para ser bem honesto. *Nazista fugido da Europa. Julgamento de Nuremberg. Umschlagplatz.* Eu fora mesmo bem convincente em meus argumentos... E, no fundo daquela sua alminha doida, Lylia Getka jamais se perdoaria por aquilo. Acreditar num pirralho de 10 anos? O que eu deveria saber sobre nazistas e seus esconderijos?

Os dias passaram, o sol veio e se foi algumas vezes, choveu e ventou, e janeiro findou-se, até que o uísque escocês foi finalmente rifado na farmácia da praia. Bem, vamos lá: o fato é que eu havia comprado, com um empréstimo feito por Marysia, uma boa pilha de bilhetes daquela rifa. Fiquei muitos meses pagando essa dívida para minha irmã, mas foi o único jeito que encontrei de anular um pouco da tolice que eu havia criado em torno do Sr. Sloboda.

Evidentemente, comprei as rifas sem contar para Lylia. Ela acharia isso uma atitude ridícula e piegas... O mais engraçado de tudo foi que ganhei o maldito sorteio. A garrafa de uísque acabou saindo para o número 19, e o número 19 estava bem guardadinho lá no bolso do meu suéter de lã, no fundo do armário do meu quarto. Não pude recolher meu prêmio na farmácia pois ninguém entenderia meu súbito interesse naquela rifa esquisita, e deixei as coisas ficarem daquele jeito mesmo. De um certo modo, tudo se encaixava: o Sr. Sloboda deveria ter ganhado dinheiro suficiente para duas demãos de tinta, e Tio Alfredo, o velhinho que tivera aquela ideia da rifa, continuava com sua valiosa garrafa de *Johnnie Walker Black Label 12-year Old*. Sim, dissera-me ele no dia em comprei meus oito números, aquele era um escocês dos melhores, presente de um primo rico que vivia em Los Angeles.

Marysia nunca soube o motivo daquele empréstimo tão urgente. Uma boa grana, para nós dois. Dinheiro suficiente para umas 15 matinês, ou para 22 milk-shakes. Com sua cabeça boa para negócios, coisa que talvez ela tenha herdado de Jan, minha irmã Marysia cobrou-me aquele dinheiro com juros de mercado, e paguei cada tostão com uma espécie de alívio. Um ranço católico que já abandonei há muito tempo, essa mania de expiar os pecados...

Nunca mais vi o Sr. Sloboda, nem suas filhas loiras e tristes. Foram embora da praia, de volta para suas rotinas pacatas, longe de pichadores mal-informados como eu. Nunca mais caminhei até o açude depois daquele verão. Mas a vida é cheia de nuncas, coisa que comecei a compreender naqueles dias. Eu e minhas ideias tolas. Eu e meu amor por Lylia... E o tempo passando por cima de tudo isso, o tempo esmagando tudo, fatos e lembranças, formando um amálgama indissolúvel. O tempo, tão inocente como um trem correndo sobre trilhos.

E então estou aqui, trancado neste apartamento com vista para o parque. Há pouco para lembrar agora. De repente, me vejo diante de um riacho vazio, o leito seco se estendendo para além como um fantasma úmido e preguiçoso.

Acho que foi a morte de Halina que fez isso comigo. Convenhamos, perder a mãe aos 13 anos de idade... No mínimo, uma coisa de mau gosto. E depois me vêm os cristãos a falar de Deus. A própria Halina, com suas crenças religiosas, suas velas e orações — será que Deus perguntou-lhe se ela preferia a vida eterna a estar mais alguns anos do nosso lado, cuidando-nos como sempre nos cuidara, dividindo seus dias conosco, ensinando e amparando e beijando e costurando? Ah, a boa e inesquecível Halina. Posso ouvir o som do seu riso dentro de mim, como uma espécie de sino numa manhã de domingo.

O desaparecimento de Halina deixou nossas vidas de cabeça para baixo. Jan e seus quatro filhos, perdidos, tentando recuperar uma rotina em meio aos escombros da vida passada. Acho que depois da morte da minha mãe, Jósef Getka voltou a procurar a nossa companhia, não sei se com o intuito de oferecer ou encontrar algum conforto. Lembro de algumas daquelas noites... O velho e o Sr. Getka jogando baralho e tomando vodca demais; Marysia, Lylia e eu na sala, embasbacados, ouvindo Beatles na enorme vitrola negra que ficava na sala de estar. Não sei onde andariam Irenka, Vera e Olenka — mas talvez Olenka já estivesse no colégio interno, e minhas irmãs mais velhas andassem lá em cima, fechadas no quarto, pensando em garotos ou fazendo algum trabalho escolar. E sempre aquele silêncio entre nós, quebrado apenas pelos comentários da tia Fayga, a irmã mais moça de Halina que, depois da sua morte, veio passar algum tempo conosco, tentando ajudar-nos a sobreviver.

Mesmo em meio à aridez dessas lembranças esfumaçadas pela dor, posso resgatar a figura de Lylia. Aquela coisinha dourada e inquieta, cantando *She said She said*, cujo comportamento com o sexo oposto, segundo os informantes de Marysia, era comentário obrigatório entre as famílias polonesas do nosso meio. Mas como culpá-la? Havia tanta vida dentro daqueles olhos verdes! Havia tanto de tudo, uma exuberância de cores, de brilho e de energia. Apesar da falta que Danya lhe fazia, Lylia crescia a olhos vistos e se tornava cada dia mais bonita. Parecida com Danya, sim, mas de um modo diferente... Quer dizer, ninguém jamais imaginaria Lylia pendurada no lustre da sua sala. Ela não combinava com nada tétrico nem opressivo. Era como um sol, e creio que Marysia tinha-lhe ciúmes da sua beleza equatorial, das suas pernas longas, do modo como Lylia sabia falar, olhando dentro dos olhos da gente e sorrindo...

Não, evidentemente, Lylia jamais seguiria os passos da mãe. Existem muitos estudos que sugerem que o suicídio leva em conta fatores genéticos, que a hereditariedade aumenta os riscos de alguém virar um suicida em potencial. Ernest Hemingway, para citar um exemplo bastante famoso, meteu uma bala na cabeça na manhã do dia 2 de julho de 1961. Trinta anos antes, seu pai, Clarence Hemingway, matou-se na sala do seu próprio consultório com a pistola Smith & Wesson que pertencera ao seu avô. Em 1980, sua neta Margoux Hemingway tomaria o mesmo caminho, matando-se com uma overdose de barbitúricos.

O caso de Danya era bem diferente...

Danya Getka era fruto de uma geração singular, uma geração que tinha vivido o improvável e o terrível. Judia polonesa, carne para o matadouro de Hitler, a pequena Danya sobrevivera quase sem explicações, enquanto toda a sua gente era assassinada cruel e organizadamente pelos nazistas. Que sombras, que tristes resquícios desse passado nublariam o futuro dos seus filhos eu não poderia dizer... Afinal, eu mesmo tive de haver-me com as sombras do meu pai. Mas Lylia Getka estava longe disso. Não precisava ser nenhum Ph.D. em coisa nenhuma para fazer uma afirmação como essa, bastava olhar para ela. Lylia Getka era vida em estado bruto.

Na noite anterior ao meu divórcio, sonhei com Lylia. Eu costumava sonhar com ela enquanto ela estava viva. Depois da sua morte, Lylia desapareceu dos meus sonhos e passou a habitar estes escritos... Faz muitas páginas que falo em Lylia. Afinal, foi por causa dela que voltei a escrever, embora preferisse o silêncio de antes. Mas Lylia Getka sempre gostou de me incomodar. Sempre me atazanando, sempre, até quando estava longe.

Longe? Que palavrinha esquisita. Quem poderia mensurar a distância que nos separa agora, esse hiato entre duas dimensões, entre a matéria e o espírito, entre o real e o nada? No entanto, sinto-me muito perto de Lylia, da sua verdadeira essência. É como se ela, às vezes, estivesse perto de mim, olhando-me com aquele seu sorrisinho irônico, e quase posso ouvi-la dizer: "Então foi isso que você se tornou, Andrzej... Um escritor, hum-hum." Se fecho os olhos por um momento, posso nos ver, duas crianças bronzeadas e afoitas, paradas no meio daquela sala um pouco desorganizada, cheia de revistas e fotonovelas sobre o aparador desconjuntado, cadeiras fora do lugar, a mesa com o baralho de cartas e o velho e enorme sofá azul no meio de tudo isso, como um desses barcos antigos encalhados no porto, cansado demais para voltar ao mar aberto. Até posso ouvir o ruído do mar lá longe, gemendo, gemendo como um velhinho artrítico.

Acordei cedo no dia do meu divórcio. Tinha dormido muito mal e fazia calor. Sou adepto dos confortos da modernidade — laptop, cafeteira, escova de dentes elétrica, celular, torradeira —, mas nunca consegui dormir com o split ligado. Aquele ar frio artificial sempre me dá alergia, e eu não queria dizer adeus a Isabela com os olhos lacrimejantes, jorrando água pelas narinas como uma velha fonte de parque. Assim, levantei cedo, com a lembrança de Lylia e daquele sonho — uma casa no campo, cavalos, um lago e um cão que latia muito — em minha alma. Se ela tivesse dormido ao meu lado na cama vazia, eu não a sentiria mais perto.

Lembro que fui para o centro da cidade de táxi, e no caminho pensei que deveria convidar Lylia para um café. Ela riria das minhas tragédias amorosas, daquele ridículo fracasso matrimonial, e de certo modo a vida entraria nos eixos outra vez. Bastava estar com ela um pouco... Afinal, ainda era a mesma Lylia. Sua beleza um pouquinho gasta seguia sendo impactante ainda na última vez em que nos havíamos visto, e seus olhos verdes, seu corpo magro, tudo me remetia a uma época em que a vida me parecia excepcional, e ser o primeiro do páreo era apenas questão de dar tempo ao tempo.

Desci do táxi em frente ao fórum e atravessei a rua movimentada. Primeiro do páreo? Eu me sentia um daqueles jóqueis cujo cavalo cai já na largada... Enquanto abria caminho entre as pessoas que lotavam a calçada em frente ao fórum, imaginei Jan lá no alto, olhando meu fiasco na corrida... O velho sempre gostara de apostas altas, teria perdido uma grana ao apostar em mim. Ah, táta, tatush, se você soubesse!

Eu vestia camisa branca e jeans, e suava. Não era apenas o calor, mas a expectativa de rever Isabela depois de quatro meses sem notícias, de ouvir a sua voz depois daquela noite em que a porta se fechara para sempre. No entanto, misturada a tudo isso, estava a promessa de Lylia... Eu tinha seu telefone na memória do meu celular, e pensava nisso como um náufrago pensa num pedaço de terra firme, enquanto subia as escadas daquele prédio enorme, cruzando com dezenas de pessoas que estavam ali pedindo pensão alimentícia, defendendo-se de uma acusação de plágio, de violência doméstica, de suborno; gente que ganhava seu dinheiro acusando, e gente que ganhava seu dinheiro pedindo a clemência do Estado.

Gente, gente, gente, e suas intermináveis pendências, todos subindo e descendo as escadas e os elevadores, para cima e para baixo, sempre, incansavelmente. E Isabela lá no quarto andar, prestes a se livrar de mim, usando um terninho novo em folha. Eu podia quase enxergar Isabela em frente às prateleiras do seu closet, tentando decidir a roupa certa para aquele dia estranho. E podia imaginar também a sua escolha, uma mulher sensata, leve, magra, com um terno sem adornos e sapatos de salto alto. Isabela lá em cima, com as próprias pendências, e aquele desejo de separar seu nome do meu, sua carne da minha, para sempre.

Enquanto eu seguia até a antessala que me haviam indicado, onde provavelmente meu advogado me esperava com seu ar sereno e conciliatório, pronto a pôr fim à minha vida de casado do modo mais indolor possível, Lylia também andava entre as pessoas numa calçada movimentada, levando sua menina pela mão. Segundo me disseram, iam ao ortodontista.

A filha de Lylia usava aparelho nos dentes e tinha consulta marcada naquela manhã, na exata hora em que eu deveria comparecer perante o juiz que me concederia o divórcio.

Lylia e a garota seguiram por duas quadras; iam alegres, o ar fresco da manhã fazia Lylia sorrir, lembrando de passados verões, e talvez da casa azul da nossa infância. O consultório era relativamente perto de onde elas moravam, e as duas foram a pé.

Posso vê-las agora...

Uma brisa leve soprava naquela manhã de dezembro, despenteando os loiros cabelos de Lylia. Ela ergueu a mão, tirou um fio de cabelo dos lábios e sorriu para sua menina. O céu estava azul, e ainda não eram dez horas, mas a tarde prometia ser quente. Lylia usava um vestido de seda com florezinhas miúdas azuis sobre um fundo bege, e sandálias baixas, de tiras, que ela amarrara nos tornozelos. A menina vestia o uniforme da escola — camiseta branca e saia de algodão marinho e levava os cabelos num rabo de cavalo. De mãos dadas, mãe e filha seguiam pela rua, falando das férias de verão que viriam. Talvez houvesse uma casa na praia, não sei... Todas as infâncias deveriam ser feitas disso, de uma casa na praia e uma faixa de mar; mas a vida não é ideal, e meus idílios jamais serviram de pressuposto para nada, a não ser para minha própria imaginação. Mas de que elas falariam, as duas? Talvez rissem de alguma coisa, de um cachorrinho e seu dono, do filme que tinham visto ainda na noite anterior. Estavam distraídas e alegres, essa alegria inconsequente e frágil típica das manhãs bonitas. Frágil, tão frágil mesmo...

Lylia e a filha pararam no meio-fio e esperaram o fluxo de carros na avenida diminuir. Havia uma travessia para pedestres alguns metros adiante, mas Lylia sempre fazia o mesmo trajeto, consciente de que faixas para pedestres sem sinais de trânsito de nada valem num país como o nosso. De qualquer modo, naquele dia, aquela esquina custou-lhe caro demais.

Quando o movimento de veículos finalmente cedeu, Lylia apertou a mão da filha entre seus dedos longos (ah, aqueles dedos dourados e inquietos como pássaros), e as duas pisaram no asfalto. Um passo, depois outro. Os tornozelos de Lylia envoltos nas tiras de couro das sandálias. As longas pernas de Lylia Getka calculando seus passos de modo a seguir ao lado da menina, protegendo-a com seu próprio corpo, aquele tesouro de carne e de sangue que ela cuidava, do seu jeito distraído, desde que aquela vida se enraizara na sua carne. As solas das sandálias estalando sobre o concreto quente de sol... E então, quando as duas estavam exatamente no meio da rua, um carro surge da avenida transversal. Aquele carro não deveria estar ali, havia um sinal vermelho mais atrás, mas o motorista seguiu, apressado, e dobrou a rua no exato instante em que minha querida Lylia levava a filha pela mão.

Poderia ter sido qualquer uma das duas. O carro vinha em alta velocidade. Mas foi Lylia. Talvez ela tenha se jogado em frente ao veículo para proteger sua garotinha. Talvez as duas estivessem rindo novamente de alguma coisa, mãe e filha a caminho do médico naquele dia azul de verão. Não houve tempo para nada. Lylia foi colhida de surpresa. Seus cabelos, ainda tão loiros como na infância, dançaram no ar da manhã, suas pernas subiram alto num salto desajeitado. E depois os gritos, a menina em desespero naquela avenida árida, a menina chorando cercada de solícitos desconhecidos. Ambulâncias, paramédicos, policiais, e a menina ali.

Lylia não morreu naquela avenida, talvez apenas por teimosia. Ficou vários dias no hospital, no final daquele corredor silencioso e sem janelas, onde ela agonizava em meio a outras pessoas, pessoas doentes, feridas, abertas ao meio e depois costuradas por mãos hábeis. Dias longos, infindáveis... Lylia Getka lutou como pôde. Eu ficava parado no extremo oposto daquela porta branca e pesada, e quase podia ouvir Lylia arfando para além daquelas paredes austeras, tentando subir a ladeira da vida, de volta à superfície.

Nada de lustres e echarpes para Lylia Getka...

Ela tinha muita vida pela frente quando aquele maldito carro dobrou a esquina no sinal vermelho, acima da velocidade permitida. A brisa lá em cima balançando os galhos das árvores, o verde das folhas contra aquele céu limpo e imenso, as flores ainda exibindo o vigor alucinado da primavera recente... E essa talvez tenha sido a última visão de Lylia, seu último olhar consciente, o galho dançante de um ipê florido contra todo aquele insondável azul.

Ou talvez não tenha sido nada disso. No relato que me fizeram, havia uma avenida, e a menina, e um carro em alta velocidade. E havia Lylia, evidentemente...

Certa tarde no final de um inverno doentio, Lylia e eu nos encontramos num hotelzinho barato que ficava perto do centro da cidade. Foi ideia dela, não aquele encontro, mas o hotel, cujo endereço Lylia me passou por telefone sem titubear, a sua voz sedosa escorregando entre os fonemas de maneira levemente debochada.

Do outro lado da linha, meu machismo geralmente inerte aflorou com força, pensando que talvez eu fosse apenas mais um dos homens que Lylia Getka levava até aquele hotelzinho sórdido numa monótona tarde de quarta-feira chuvosa, tentando injetar alguma adrenalina no seu tedioso cotidiano de casada. Mas, enquanto eu rabiscava o endereço num pedaço de papel, tratei de expulsar de mim aquele pensamento idiota. Eu queria... Ah, eu queria mais do que tudo estar com ela. E assim me fui, depois de tomar uma ducha e vestir alguma roupa decente, meu coração batendo forte como não batia havia anos, expectante como um jovenzinho cheio de espinhas no seu primeiro encontro amoroso com uma colega de aula.

Cheguei antes de Lylia, o que me pareceu educado, e fiquei esperando-a, naquilo que foi chamado pelo velho recepcionista calvo que dormia atrás do balcão de *suíte 23*, sentado na ponta de uma larga e cansada cama de mogno.

Era um quarto sem qualquer marca especial. Num canto daquela cama enorme e desconjuntada, havia um criado-mudo de gavetas vazias. Sendo aquele um típico lugar de encontros clandestinos, eu pensei: será que alguém jamais teria usado aquela gaveta cheirando à naftalina? Havia um tapete de desenhos apagados, um espelho com pequenas manchas de umidade onde fiquei me olhando sem acreditar direito que aquele homem alto, robusto e meio descabelado, com aqueles olhos escuros saltados das órbitas e um certo ar de medo, era eu mesmo... Eu ainda lembrava das minhas fotos de infância. O menino loiro e delgado, o sorriso aberto. A pele dourada pelo sol daquelas tardes ociosas à beira-mar. O tempo é um pirata traiçoeiro, mas isso o velho já dizia, inconformado com a sua calvície. *Mój syn, o tempo é um pirata traiçoeiro*, eu até posso ouvir a voz de Jan cutucando meus ouvidos.

O quarto 23 era meio vazio, era possível dar alguns largos passos ali dentro sem esbarrar em nada — o que me parecia uma qualidade, uma rara qualidade no meio daquele monte de clichês. A moça linda e casada, o escritor infeliz que vive um bloqueio criativo, o hotelzinho barato no centro da cidade, a tardezinha feiosa e fria.

Mas todos esses pensamentos perderam a importância quando Lylia Getka finalmente chegou. Para além do mundo literário, poucos se importam com clichês, e o fato é que Lylia, ao entrar naquele quarto, trouxe consigo tudo de bom e de belo. O farfalhar das árvores num dia de vento, a maresia dourada de um final de tarde à beira-mar, o silêncio de uma noite de inverno, o crepitar do fogo numa lareira. O frio, o calor, o sangue agitado, a boca seca, tudo. Lylia tinha esse poder, e os anos, esses piratas debochados, não haviam apagado a sua influência sobre a minha pessoa; ao contrário, o tempo parecia andar a favor de Lylia nesse quesito e ainda em outros.

Lylia chegou meia hora depois de mim. Estava corada e levemente eufórica, os cabelos soltos caíam-lhe pelas costas. Ela usava um trench coat escuro e botas de salto alto, uma Mata Hari loira com sangue polonês. À sua chegada, todas as coisas pareceram suspirar. *Hummm,* gemeu o tapete sob seus pés, *humhum,* gorjearam as velhas cortinas desbotadas. Os contornos dos móveis, ao menos diante dos meus olhos, amoleceram como se fossem gelatina, enquanto eu ficava ali parado, rindo como um desses nerds de filme americano que, de repente, é escolhido para dançar com a rainha do colégio.

Lylia tirou da bolsa o aparelho celular e desligou-o com um sorrisinho travesso. O mesmo sorriso que eu lembrava no rosto de Danya Getka enquanto o pai fazia as orações à mesa, e ela permanecia quieta, de olhos fechados, como se estivesse participando de uma tola brincadeira infantil.

— Numa hora dessas, minha Magdalena está na escola... — Lylia disse, dando de ombros, como se tivesse certeza de que não havia nenhum perigo no mundo que pudesse espreitar sua menina naquela tarde chuvosa de agosto.

E depois, como se algo a houvesse assustado de repente, ela suspirou:

— Ah, Andrzej, Andrzej...

— Lylia — eu disse, num sussurro. — Lylia Getka.

Lylia jogou a bolsa sobre a imitação de tapete persa e deu um passo em minha direção.

— Nós dois aqui. Eu já não esperava mais por isso, Andrzej. Foram muitos *quases*. Tudo sempre prestes a acontecer.

— E não acontecia.

— É — ela sorriu. — Não acontecia nunca.

Fui me aproximando dela como num sonho. Seu perfume, suave e fresco, me alcançou.

— O tempo foi passando, não é mesmo, Lylia? Até para nós dois, o tempo foi passando.

Lylia Getka começou a desabotoar aquele casaco elegante que ela usava. Seus dedos eram extremamente ágeis. Eu podia ver a excelência do acabamento daquele abrigo, podia imaginar o preço. Mas quem teria pago por aquilo, quando o marido dela era um vendedor desses que atravessa estradas para lá e para cá? Enquanto eu via as unhas feitas andando pelas casas, soltando um botão de cada vez, fiquei gastando o tempo com esses pensamentos ridículos. Afinal, não sou tão romântico, nem tão sexy como eu talvez tente parecer aqui, mas o fato é que eu estava nervoso e precisava domar minha ansiedade.

Lylia percebia meu nervosismo, e até mesmo banhava-se nele. Mas sob seus gestos também havia algo, uma espécie de levíssimo tremor, de angustiosa euforia. Seria muito dizer... de medo?

— O tempo passou — ela disse filosoficamente. — Eu me casei, é verdade. Mas você também se casou, não é, Andrzej?

Acho que eu ainda estava casado com Isabela naquela tarde. Ou pelo menos pensava estar casado — talvez Isabela, como Lylia, estivesse em algum hotelzinho das redondezas com um outro homem, decidindo entre lençóis aquilo que seria o meu futuro.

Pensei em dizer a Lylia que meu casamento era uma tolice. Clichê, mais um clichê. Então fiquei calado, sentindo-a aproximar-se de mim, enquanto a vaga imagem de Isabela numa cama com outro se esfumaçava com rapidez. Percebi que eu mesmo estava caminhando quase imperceptivelmente para Lylia, até que pude tocá-la, a pele morna, seu longo pescoço elegante, os cabelos loiros com os quais eu sonhava desde a minha mais tenra meninice.

Enfim, nos abraçamos, e pareceu-me que eu caminhara para isso desde sempre. Lylia, eu, naquele quartinho sórdido ou em qualquer outro lugar.

Mas não foi o que aconteceu.

Quase três horas mais tarde, deixamos a suíte 23, e cada um de nós voltou a tomar o rumo da própria vida. Era já um hábito nosso, uma espécie de autoflagelação. A confirmação do amor e o seu subsequente abandono... De fato, havia outras pessoas, outros enredos misturados ao nosso; não, não estávamos mais no tempo da casa azul perto do mar e das dunas onde nossas vozes se perdiam em gritos ou sussurros que a areia não precisava ouvir. Para trás haviam ficado os planos tolos e inconsequentes, o futuro com suas promessas maravilhosas. Aquelas tardes intermináveis. Ah, o calor do sol naquelas tardes... A maioria das pessoas daquele tempo já não existe mais. Nem Danya, nem Halina, nem Jan... E Eva morrera de um câncer, segundo Marysia me contou. Minha irmã Vera enterrara, havia três anos, seu primeiro filho que, naqueles verões à beira-mar, não passava de uma expectativa em algum plano obscuro e superior onde o amanhã aguarda a sua vez. Até mesmo o futuro, ou alguma parte dele, já havia fenecido.

Lylia e eu, por exemplo. Sim, houvera aquela tarde entre lençóis, e as pernas de Lylia, e seu gosto, seus cabelos, o calor daquele corpo. Mas já não éramos mais os mesmos. Ela estava cansada, e embora se entregasse aos meus carinhos, era fugidia também. Uma espécie de ilha de vegetação espinhosa cercada pelo mar azul... Um engodo para loucos como eu.

Porém, eu deixei aquele hotel amando-a. O passado estava findo, e o presente não podia mais ser consertado por nenhum de nós. Aquelas cápsulas de tempo, os encontros fugidios e os telefonemas eram tudo o que nos restava... Mas eu a amava. E, mais uma vez, faltava-me coragem para lhe propor um futuro.

— Eu te amo — sussurrei na tardinha chuvosa, parado sozinho naquela esquina barulhenta e suja do centro da cidade.

Vi Lylia atravessar a rua correndo para entrar num táxi. Minha voz apagou-se em meio ao burburinho de carros e gente. Frágil como eu, a minha voz. Frágil como minhas admirações infantis. Eu, que sonhara em ser um combatente da Armia Krajowa, matando nazistas alemães com a sola do meu sapato, não tinha coragem suficiente para agarrar aquela mulher. Segurá-la na minha vida, corrigindo um erro que os anos ajudavam a perpetrar. Bem, eu sei, meu velho pai, Jan, aquele sedutor, riria de mim...

Lylia Getka tinha pressa, pois sua filha esperava-a na escola. Vi sua mão acenar-me antes que a porta do carro se fechasse de todo. Lylia olhou-me por um momento, um longo e saboroso momento, e sorriu como num filme. Ah, nem tudo estava perdido. Acho que foi isso que pensei naquele instante, sob a garoa que começava a cair, fina e fria. Eu poderia voltar atrás, corrigir os erros... Rebobinar o passado e retocar o presente, e talvez houvesse espaço para nós dois.

Então o carro arrancou, perdendo-se no trânsito caótico do final de tarde. Todo mundo com tanta pressa para tudo, como se não soubessem... Mas era tão óbvio! Era tão óbvio que as pessoas que passavam por mim deveriam apertar minha mão. Eu, o noivo. Eu, o enamorado. Eu, o menino com o calção molhado, sentado na varanda da casa azul à espera de Lylia Getka.

Mas ninguém parou. Não recebi cumprimentos nem acenos. E eu fiquei ali ainda um longo tempo, naquela esquina triste, no limite entre o meu passado e o meu futuro, como um alpinista perdido no meio de uma montanha.

Este livro foi composto na tipologia Minion,
em corpo 11,5/16, e impresso em papel
off-white 90g/m² no Sistema Cameron da Divisão
Gráfica da Distribuidora Record.